紫式部裏伝説

女流作家の隠された秘密

大橋義輝
Ohashi Yoshiteru

共栄書房

紫式部〝裏〟伝説——女流作家の隠された秘密◆目次

プロローグ

色彩豊かにしてあでやかな衣装を身に着け、たっぷりと化粧をほどこし、時間を費やして髪を梳《す》く。見事に仕上がったその様は、絵心ある者なら筆をとりたくなる衝動にも駆られるであろう。

姿容《すがたかたち》だけではない。〝この人たち〟は類まれなる才能の持ち主でもある。

現代人をも圧倒させるに十分にして壮大なスケールの「源氏物語」、洗練されたセンスと驚くべき観察眼で読むものを夢中にさせる「枕草子」、さらに「和泉式部日記」「蜻蛉《かげろう》日記」「更級《さらしな》日記」「栄花《えいが》物語」などは、遥か一千年以上前の平安王朝の貴婦人たちが紡ぎ出した作品群である。

紫式部、清少納言、和泉式部、道綱の母、菅原孝漂女、赤染衛門……十二単衣《じゅうにひとえ》に身を包んだこれら女たちは、まさに綺羅星の如く輝き続け、日本文学史から消え去ることはない。

彼女たちは平安王朝のシンボル的な存在であるが、中でも最も輝いているクイーン・オブ・クイーンズ、女王のなかの女王は誰か？　と問えば、誰もが口をそろえてこう答えるはずだ。

「紫式部」と。

この偉大な先人に対して私は、いくつかのキッカケから、長年ある疑惑をもっていた。疑惑はやがて謎となり、私のなかでどんどん膨張していった。

あの人は果たして〝女〟であろうか、それとも〝男〟であろうか——。

紫式部である。千年の時を超えて今なお燦然と輝く大著「源氏物語」の作者であり、百人一首の有名な歌の作者でもある。

めぐりあひて見しやそれともわかぬまに雲がくれにしよはの月かな
（百人一首五七番目）

昨今、百人一首はひそかなブームであるが、この歌は小学生でも知っているほど有名だ。国文学最高傑作の著者であり、女流作家の頂点に君臨する大人物であることに、異論をはさむ人はいない。

一方でこの紫式部、これまでもミステリアスな女性とは言われてきた。本当の名前も生年月日も没年月日も定かではなく、加えて、いわく「レズビアンではないか」、いわく「二重人格者ではないか」……。

こうしたかねてからの噂とは別に、私は、〈紫式部は女ではない〉と睨んでいるのだ。もう少し詳しく言うならば、「本物のオネエ」ではないかという仮説を持っている。本物のオネエとはカミングアウトしないオネエのこと。

一般的にオネエとは、〈男〉として生まれたものの、立ち居振る舞い、仕草など〈女〉のように装って生きている人たちである。要するにカミングアウトをしているわけだから、世間は本来の性別を知っている。もしカミングアウトしていなければ、本当の性別はわからない。それを私は「本物のオネエ」と呼ぶのだ。

紫式部が本物のオネエだという仮説を立てたのに、むろん根拠はある。けれどこの仮説には、言語道断という罵声が矢のように飛んできそうである。

ならば、私はこう反撃するだろう。

では、紫式部が女だという証拠は何ですか、と。するとこう答えるはずだ。

「昔から紫式部は女性に決まっている。教科書にもそう載っている。常識だ」

あるいは紫式部に多少の知識ある人は、こう口を開くだろう。
「紫式部は中宮・彰子《しょうし》に使えた女房だよ。まして結婚もしていたし、子供だっていたんだ。これぞ女の証明といわずして何と言おうか」

だが、ちょっと待っていただきたい。男女が入れ替わるのは、なにも映画や小説の世界だけではない。実例をあげてみよう。

アメリカのジャズミュージシャン、ビリー・ティプトンは女として生まれたが、七四歳で亡くなるまで男を貫き通し、生涯を終えた。その間、結婚は四回。子供だっていた。見事に世間を騙したのである。むろん子供は養子か養女である。秘密がバレたのは死後であった。

もう一つ、アメリカで起きた「ステラ事件」である。

一九三二年、ロサンゼルス五輪の陸上女子一〇〇メートルで金メダルを獲得したステラ・ウォルシュは、次のベルリン五輪でも銀メダルを獲得した。後年、移住先（オハイオ州クリーブランド）の自宅で強盗に襲われて射殺された。一九八〇年一二月四日のことだった。遺体は病院に運ばれて検視が行われたが、ステラはなんと睾丸を有していたのだ。このニュースは「オリンピック金メダルの女子選手は実はオトコだった」と世界を駆け巡った。もしステラが強盗に遭わずに殺されなかったら、永遠に女として生涯を全うできたはずだ。

翻って紫式部の場合、もしオネエであったとしたら、その秘密は千年以上も守られてきたことになる。いや、守られるというよりは、世間の思い込みのまま人から人へ伝わり、今日に至っているのではなかろうか。

平安の貴族社会は、一夫多妻制である。養子・養女も多く、どこまでが家族なのかという線引きもあいまいであったろう。そのあいまいさは、文学者としての特質とも相まって、紫式部自身の性別にまで及んでいたのではないか。私はどうしても、紫式部が女であるという確信が持てないし、男である可能性を捨てきれない。

何としても疑惑の衣《ころも》を外し、暴いてみたい――私は千年以上前にタイムスリップし、残された史料から鉄壁の牙城を崩す旅に出た。

するとどうだろう。そこにはオネエの部分が見え隠れし、通念とは別な紫式部像が浮かび上がってきたではないか。

やはり、紫式部はオトコだったのだろうか――。

第1章　源氏物語絵巻

雅の世界

紫式部は女ではない、と疑ったキッカケは、源氏物語絵巻との出会いであった。まだ二十代の頃、たまたま源氏物語絵巻の複製品の宣伝チラシを目にした。十二単衣を身にまとった王朝貴婦人たちが、色彩豊かに描かれている。いかにもゆったりとした風情を醸し出していたそれに、まるでスローモーションのような時の流れを感じた。その頃の私は、週刊誌記者としていつも時間とプレッシャーに追われ心身ともに疲れていたから、真逆のような世界に惹かれたのである。心が和み、癒しを感じた。

絵巻は、「源氏物語」が書かれた百年後、一二世紀前半に作られたと言われている。現存する巻物は四本だけ。もっとも現在は、巻物ではなく長く保存するために額式装幀されているという。

当初は一〇巻とか一二巻あったとも言われているが、散逸してしまったらしい。ご存知の通り「源氏物語」は五四帖から構成された大作だが、現存するのはその一部である。

このうち主要なものは、江戸時代以来、尾張の徳川家に伝えられ、現在は徳川美術館で保管されている。これが絵巻三巻分である。例えば一五帖「蓬生」、一六帖「関屋」、一七帖「絵合」、三六帖「柏木」などで、以下お題だけを記せば、「横笛」「竹河」「橋姫」「早蕨」「宿木」「東屋」である。

そしてもう一本の巻物は、阿波の蜂須賀家に秘蔵されていたが、明治以後さまざまな人の手を経て現在、五島美術館が所有している。三八帖「鈴虫」、三九帖「夕霧」、四〇帖「御法」である。四本の巻物は、もちろん国宝である。

ところで絵巻は誰の手によって描かれたのか。つまり絵師は誰かといえば、正確なことはわかっていない。藤原隆能《たかよし》の説もあるが、この伝承は江戸後期に発したもので、根拠はない。

私は件の宣伝のチラシを見てすぐ、絵巻の複製品を買うことにした。監修者に谷崎潤一郎の名前もみえる。谷崎は「源氏物語」の現代語訳者としても知られている。

商品が手元に届くと、胸を躍らせ、恐る恐る桐の箱から巻物四本を取り出し、一本ごと

源氏物語絵巻の複製品

に自宅の六畳間に広げてみた。するとそこに、雅な世界が広がった。

この絵巻に描かれた王朝の女性たちは、一様に髪が長い。毛先は背中から尻を通過し足元まで伸びている。

当時の美人の条件とは、第一に長くて黒い髪の持ち主だといわれている。例えば第六二代・村上天皇の妻である芳子は、美人の誉れ高き人であった。芳子が帝（村上天皇）の邸に向かうため車（牛車）に乗り込んだ際、「髪が長すぎて母屋の柱まで引きずっていた」なんてエピソードが歴史書（「大鏡」）に出ている。オーバーな表現であるが、要するに長い髪は美人の象徴ということだろう。

それにしても、さぞかし髪の手入れは

大変であったろうと想像する。調べによると当時、髪のケアは水やお湯で洗ったわけではなかった。侍女が丸めた布で髪をたたいたり、こすったりしていたようだ。布にはお米のとぎ汁をつけていたという。それだけに髪が乾くのに時間がかかった。

「多い髪の毛だとすぐ乾かないので、起きているのも大変」（「源氏物語」東屋）

ようやく乾いた髪に、今度は香りづけをする。練香《ねりこう》という香料、今でいうお線香のようなものに火をつけて煙を出す。その煙を扇でパタパタと煽いで髪に風を送るのである。最後は髪に櫛を入れて梳く。これでやっと髪のお手入れが完了。すべて侍女たちが行うが、髪を整えるのは、なかなか大仕事であった。

ちなみに清少納言は、髪にコンプレックスをもっていたようだ。清少納言は何かと紫式部と対比されるが、年齢は紫式部の方が一〇歳ぐらい下である。それぞれの作品からうかがい知れるのは、紫式部はマイナス思考、暗いイメージがつきまとうのに対し、清少納言は明るくポジティブ思考。対照的な性格ゆえ、何かとライバル視されるのである。

この清少納言、薄毛であったというのだ。当時の美意識からすると致命的欠点だろうが、何事もポジティブな清少納言、メソメソせずにあっけらかんとしていた。

「私は地毛ではないせいか、あちこちの髪の毛が縮れて……」（「枕草子」）

今でいう自虐ネタで笑い飛ばしている。

王朝貴族の女たちは化粧も厚かった。化粧用の白粉は鉛を原料としたものだから、体にいいわけはない。美人の元祖というべき小野小町や、男性との艶聞《えんぶん》の多かった和泉式部の晩年が悲惨であったのも、鉛毒の影響とまで言われている。

それもあってだろうか、平安貴族の女たちの平均寿命は四〇歳ぐらいであったという。

絵巻の平安美人たち

当時の美人の条件は長い髪のほかに、肌が色白なことも挙げられる。加えて平安美人の特色は、切れ長の目にぽっちゃり体型であったという。

私は購入した複製の絵巻物を自宅の六畳間いっぱいに広げて女たちを観察した。女たちはみな眉毛を抜き、眉墨をひいている。どの人物も似たり寄ったりである。もっとも絵ゆえ多少デフォルメしているだろうが、ともかく個性がないのだ。

この個性の無さが私に、一つの着想をもたらした。

――この女たちのなかに、ひょっとすると〈秘密〉を抱えている人物がいるかもしれない。

〈秘密〉とは、女の格好をしているけれども本当は男、それも本物のオネエが紛れ込んでいるのではないか、そんな勘が働いたのである。これだけ美人の規範がステレオタイプになっているなら、要所さえ押さえれば作為的に女になることも可能ではないか――。

当時は化粧を厚く細工するのにもってこいの環境だ。御簾《みす》、几帳《きちょう》といった紗《しゃ》に覆われた平安王朝の貴婦人たち。やたらと顔を人目にさらさず、それをしも女の美徳とするような雰囲気は、本物のオネエにとっては格好の隠れ蓑となったかもしれない。この世界でカミングアウトせず秘密を守り通せば、周りは男と気がつかない。

ところで、平安朝貴族社会は絶対的な男性優位の社会であった。とはいうものの、生まれてくる子供に女子を望む声も少なくなかった。なぜか。

女子であれば宮中に送り込み、万が一チャンスがあれば、天皇に見初められる可能性もある。天皇家あるいは高級貴族の権力者と血縁になり得れば、家の安泰と繁栄は約束されたも同然である。だからこそ、寺や神社に女子誕生を祈願する人は多かったのである。

だが、願掛けむなしく生まれてくる子供は次から次と男、男、男であったら、親の落胆はいかばかりだっただろう。

紫式部の曽祖父も一時はそうであった。次から次へと男子が生まれ、なんとその数五人なり。ようやく願掛けが実り女子が生まれた。桑子だ。やがて桑子は宮中へと参内。魅力ある人であったのだろう、第六〇代・醍醐天皇に見初められて妊娠。章明《ふみあきら》親王を授かったのである。
醍醐天皇の子息の源高明は、「源氏物語」の主人公、光源氏のモデルとも言われている。この源高明の娘（明子）は、藤原道長の妻の一人となっている。したがって道長の義父が源高明である。紫式部は道長と高明の二人をミックスして光源氏を創造したものといわれている。

さて、紫式部の曽祖父は娘を天皇家に嫁がせて子供まで授かり、いわば絆を深めたことによって順調に出世した。賀茂川の堤に広大な敷地を購入し、邸を建てたのである。邸が堤付近にあったことから堤中納言と呼ばれた。藤原兼輔である。三十六歌仙の一人だ。

兼輔の歌を挙げておこう。紫式部と繋がると思えば、なぜか意味深な一首である。

人の親のこころはやみにあらねども子を思ふ道にまよひぬるかな（「後撰集」より）

（訳：人の親の心は闇のように物事のわからぬものではないが、子を想うとときに平静を失って道に迷ってしまうものだ）

中納言・兼輔の邸には多くの人が集まった。特に歌人や文人等が集い、さながら文人サロンであったという。当時出入りしていた中には、古今集の編者で「土佐日記」の著者、紀貫之がいた。紀貫之は兼輔の息子、雅正《まさただ》とも親しい関係であった。堤中納言一族と深い関係であったらしく、このため紫式部の父や祖母は、いろいろ影響を受けたようだ。

兼輔は何とか女子に恵まれたけれど、願掛けにもかかわらず再三再四生まれてくる子供が男子であったら、一人ぐらい女子として育てる親もいるだろう。

そんな人物が源氏物語絵巻のなかに紛れ込んでいるのではないだろうか……この思いが、紫式部オネエ説の端緒となったのである。

なぜオネエなのか

紫式部が女ではない、と疑ったのは二つの理由からであった。

一つは、女心の心理の綾を熟知しているのは、「源氏物語」を読めば分かることである。けれども同時に、男心も知悉《ちしつ》していると思われるからだ。紫式部が両性の心理を見事に活写しているのは、異論のないことであろう。女であって女でない。男であって男でない。現在でも多くのオネエたちが恋愛話の達人であるように、両性の気持ちが分かるのはオネエの特長と言えるだろう。

もう一つの理由は、男のようなバイタリティである。大著「源氏物語」を完成させるには、女の体力ではちょっと無理ではないか、そう思ったのである。登場人物は四〇〇人以上。五四帖にわたる構成、四百字詰め原稿用紙で数千枚。これだけの労作を紡ぎあげるには、精神力はもちろん絶対的な体力が不可欠であり、それは男の体力ではないか、と。

要するに作品のスケールから、男のエネルギーを私は感じとったのであった。例えば世界に目を転じても、長すぎる作品はほとんど男性の手になるもので、ダンテの「神曲」やプルーストの「失われた時を求めて」のような大長編も、作者は男である。

この二つの理由に加えて、残された資料から様々な手がかりを探り出せば、一つの仮説が成り立つはずだ。まるで闇の中を手探りしながら、「紫式部は女ではない」というエビデンスを求めて、絶対秘密を暴こうとやっきになったのである。

紫式部の正確な生年月日は学者によって諸説あり、天禄元年（九七〇）、天禄三年（九七二）、天延元年（九七三）、天延二年（九七四）、天延三年（九七五）、天元元年（九七八）などとされている。諸説を統合すると、紫式部が生まれたのは九七〇年から九七八年の間でほぼ間違いなさそうであるが、ここでは九七二年説を採用して話を進めていく。

前述した通り、紫式部の曽祖父は堤中納言・藤原兼輔だ。兼輔は教養、学識のあった人物と伝えられる。兼輔が建てた邸宅は火災にも遭わず、約百年後に曾孫の紫式部が人生の大半を過ごすことになる。家は古くなっているせいか黒っぽくって煤けていたらしく、今でいう書棚のような厨子《ずし》には、漢書・物語本等の蔵書がたくさんあったという。このエピソードは「紫式部日記」にこう記されている。

あやしう黒みすすけたる曹司に、箏の琴・和琴しらべながら、心に入れて「雨降る日、琴柱倒せ」などともいひはべらぬままに、塵つもりて、寄せたてたりし厨子と柱とのはざまに首さし入れつつ、琵琶も左右に立ててはべり。

大きなる厨子ひとよろひに、ひまもなく積みてはべるもの、ひとつには、古歌・物語のえもいはず虫の巣になりたる、むつかしくはひ散れば、あけて見る人もはべらず。片つかたに、書ども、わざと置き重ねし人もはべらずなりにしのち、手ふるる人もことなし。

(訳：へんに黒っぽく煤けた部屋で、ふだんは、箏も(十三絃の琴)和琴(七絃の琴)も、どっちも琴柱を立て絃(いと)を張ったまま、厨子に立てかけて塵がつもっているという有様だ。雨が降るから、琴柱を倒しておいたほうがいいわよ、と気をつけてくれる人もないからだ。

厨子と部屋の柱との間に、首をつっこむような形で琵琶が二面、不安定に立てかけてある。厨子は二つあるが、いずれも大型で、一方の厨子には古今集や、さまざまな物語本がいっぱい詰まっていて、虫の巣になっている。手をつけると、いやらしい虫が這い出してきたりするので、誰も書物をとり出してみようとする人もない。もう一つの厨子の上には、漢籍ばかりが積み重ねてある）

具体的にどんな書籍があったかといえば、「史記」「白氏文集」「古今集」「後漢書」等であった。これら蔵書は「堤文庫」と呼ばれていた。

このように紫式部が育った堤中納言邸の環境は、書物にあふれていた。この邸に紫式部の祖母（右大臣・定方の娘）をはじめ、伯父・為頼（為時の兄）一家とともに住んでいた。伯父の為頼には子供が四人いたが、すべて男子ばかりだった。それだけに祖母は女の子が欲しかったに違いない。なぜなら祖母も、自ら腹を痛めた子供三人はすべて男であったのだ。

兼輔をピークにお家は下降線を辿る。兼輔の跡取りとなった雅正《まさただ》の世代となると、貴族社会において一気に影が薄くなるのだ。理由は女子に恵まれず、有力者とのコネクションが形成できなかったことと思われる。

この状況を受け、紫式部の父、藤原為時の代がお家の再興を図るのは当然である。子供をどう育てるかについて、父親の権限は絶大だ。さらにその母親の意見も大きい。

紫式部の絶対秘密のプロジェクトを仕組んだのは祖母、中心的役割を担ったのは紫式部の父・為時ではないか。

紫式部の家族

紫式部の父、藤原為時は天暦三年（九四七）頃に雅正の三男として生まれた。母は藤原定方の娘である。

為時は少年時代、文章博士の菅原文時に漢書や歌を学んだ。天徳四年（九六〇）三月には、宮中の内裏《だいり》歌会に殿上童《てんじょうわらわ》として参列している。ちなみに内裏歌会は現在も、毎年正月に宮中で行われる歌会始へと引き継がれている。時に一五歳前後。堤中納言・兼輔の孫ということも加味されたのだろうが、為時はなかなか優秀であったに違いない。為時はその後、式部省の試験をパスして播磨国の国司となった。

為時は一体いつ結婚したのだろうか。国文学者の岡一男によると、為時が結婚したのは安和元年（九六八）前後と推定される。相手は摂津守の藤原為信の娘で、当時一五、六歳であった。

当時の結婚はほとんど親が決めたものだから、親類縁者同士の結婚も珍しくなかった。

貴族の世界では当然政略結婚のようなものが多く、子供にめぐまれなかった場合は、別な女性と契りを結ぶこともあった。一夫多妻制を背景に、家を絶やさずに繁栄と発展のための結婚が主流であった。

だからこそ自由恋愛に憧れるのか、「源氏物語」のような本が受けたともいえる。もっとも「源氏」で描かれたのは、自由恋愛というより男の強引な、力づくで女をねじ伏せるような関係であり、現代ではセクハラどころか、れっきとした犯罪行為だろう。とはいうものの女性の心理には、白馬に乗った王子が颯爽とやってきて、さらってほしいという願望もあるようだから、なかなか微妙なのである。ただし、絶世の美男子で、しかも家柄もよくてお金持ち、という条件付きではあろうが。

為時と結婚した女性は、「藤原為信の娘」である。本名は分からない。紫式部の母方の祖父にあたる為信は、常陸介《ひたちのすけ》という役職に就いていたという話はあるものの、詳細は定かではない。

また、「尊卑分脈」によると、「為信の娘」の六代前の先祖に藤原冬嗣がいる。冬嗣といえば文武の才に長け、藤原一族をまとめ、子弟教育のために勧学院を建立した人物である。五二代・嵯峨天皇の信頼は厚く、四階級特進の出世をするなど秀でた人でもあった。

冬嗣は大納言から右大臣、左大臣となった。娘は仁明天皇の女御でその息子、つまり冬嗣の外孫が後の第五五代・文徳天皇である。冬嗣の母は渡来系の百済永継。百済永継は桓武天皇から寵愛を受けたが、正室にはなれなかった。冬嗣の才覚を足がかりとして、一家で悲願を達成したかたちだろうか。

冬嗣の私邸は平安左京三条にあったことから、閑院大臣と呼ばれた。「弘仁格式」「日本後記」「内裏式」等を編纂したほか、「凌雲集」「文華秀麗集」「経国集」には漢詩作品を、「後撰和歌集」には四首の歌が採録されている。

さて、為時の五代前の先祖も、奇しくも冬嗣なのであった。為時の父が雅正、祖父が兼輔、さらに順次遡ると、利基、良門、そして冬嗣である。一方、紫式部の母方を遡れば、為信、文徳、元名、清経、長良、そして冬嗣に突き当たる。つまり紫式部の両親は、遠い親戚同士の結婚であったのだ。

平安貴族では、血族結婚はさして驚くことではないかもしれないが、紫式部の両親をそれぞれ辿っていくと冬嗣につながるのは、文才の家系であろうか。

為時には六人の子があったと言われている。「為信の娘」との間には三人。紫式部の他に長男の藤原惟規、そして紫式部の姉である。

この姉については、どんな女性であったのか、ほとんど資料らしいものはない。当時の古記録とも言うべき「御堂関白記」「小右記」「権記」さらに「大鏡」等に紫式部の姉の記載は見えず、「尊卑分脈」に若干記されているだけなのだ。紫式部より一歳か二歳年上のようで、宮中勤務の記録はない。歌も残っていない。

二十代で亡くなったと言われ、それも時の流行病に侵されたらしいという説もある。こうなると、果たして実在していたかどうかも怪しい。

私はこの存在感の薄い姉に、どうもひっかかりを感じてしまう。秘密プロジェクトを細工する上で、欠かせぬ存在という気がしてならないのだ。養女、あるいはそれに近い身分として受け入れ、為時の子供として潜り込ませたのではないか、そんな人物に思えてならない。秘密プロジェクトのための小道具的な存在、といっては言い過ぎだろうか。

この言わば幽霊キャラクターの後に紫式部が生まれている。したがって紫式部は形の上では二女ということになる。

私はこの姉について、もう一つの考え方も持っている。

貴族社会では縁戚同士の結婚が珍しくなかったことは前にも述べた。だが、これはある意味、劣性遺伝の結婚とも言えるだろう。劣性遺伝がもたらすもの――これは貴族社会ひいては天皇家に繋がるものとして、長い間タブー視されてきたと考えられる。

私が言いたいのは、この紫式部の姉と言われる、ほとんど記録にもなく影のきわめて薄い幽霊キャラクター的人物は、劣性遺伝の強く出た者ではなかったか、ということである。

その事情を受け、かつて冬嗣が始めた、女子を利用して天皇家と姻戚関係を結び家の繁栄に繋げようとする打算は消えたのではないか。

結果、為時らは次に生まれてくる子供に期待したであろう。だが、次の子（紫式部）も男だったとしたら……。

なお、為時には別な女性との間に三人の子供がいたが、これもまた上二人は男。三人目にやっと女子が生まれた。つまり為時は六人の子供の親でありうち三人が女だが、幽霊キャラクターを除くと女は二人。しかし紫式部が女ではないとするならば、側室との間にできた女は一人だけだ。

堤中納言以来、下降線を辿る一家に、為時はきっと焦ったに違いない。なんとしても女子が欲しい！　この気持ちは、母と一緒だっただろう。この時、母と子の秘密のプロジェクトの芽が生まれた、のかもしれない。

今度生まれてくる子供は、性別はともかく女子として育てよう――こうして紫式部は、生まれる前から女として育てられる運命にあったのではないか。

クーデターに連座した為時

紫式部の父、藤原為時の名前は、有名な説話集「今昔物語」の中に見られる。

今は昔、藤原為時といふ人ありき。一条院の御時に、式部丞の労によりて受領にならむと申しけるに、除目の時、闕国なきによりてなされざりけり。（略）為時、博士にはあらねどもきはめて文花ある者にて、申し文を内侍につけて奉り上げてけり。その申し文にこの句あり。

苦学寒夜　紅涙霑襟

除目後朝　蒼天在眼

（訳：今となっては昔のことですが、藤原為時という人がおりました。一条院の御代、式部丞の功労により受領になりたいと申請がありましたが、除目〈人事異動〉の時に国司のポストが空いてなかったので任命されなかった。（略）為時は博士ではないが、文才があるため、申し文を内侍に託して朝廷に奉呈した。その申し文はこの句に載っています）

（訳：夜の寒さに耐えて勉学に励むも、人事で希望のポストに就けなかった。失望のあまり眼から血の涙が出て、着物の襟を濡らした。翌朝、空の青さに今回の人事の修正で、望みが叶えば晴れ晴れとした心になるのだがなあ）

この漢詩に感動したのは、摂政関白の藤原道長だった。長徳元年（九九五）、漢学の素養が認められ朝廷の任を受けた為時は、若狭の国に滞在中の宋の商人と交渉にあたったのである。

翌年、道長の推薦により為時は越前守のポストを得る。漢詩の想いが実現することになったわけだ。

ところで為時は、なぜ朝廷の人事で苦杯を嘗めることになったのか。それは、長きに渡って親密だった花山天皇が失脚する、クーデターの波に巻き込まれたからだ。クーデターとは寛和の変である。

九八四年、師貞《もろさだ》親王が即位して第六五代・花山天皇となったのは、まだ十七歳の時であった。為時は師貞親王の頃から副侍読（待読：天皇の側で学問を教授する学者）を務めており、花山天皇即位と同時に式部省の六位蔵人に任じられた。現在の文科省のキャリア官僚、といったところか。

ところが為時の春は長く続かない。

花山天皇には何人かの后がいたが、そのうち最愛の女御を出産の奇禍で亡くしてしまった。天皇の悲嘆は大きく、周囲には出家をもほのめかす落胆ぶりであったという。

当時は藤原氏の摂関政治の世、さまざまな権力闘争が繰り広げられていた頃であった。これをいち早く察知した右大臣の藤原兼家は、息子の道兼を使って陰謀を企てる。なぜなら花山天皇が失脚すれば、次の天皇は孫の懐仁《やすひと》親王（のちの一条天皇）になるからだ。天皇の外戚となり、権力が増大するのは目に見えている。

寛和二年（九八六）六月二三日の明け方、清涼殿の縁側で月を眺めていた花山天皇に、道兼は、「一人で出家するのは不安でしょう。私も御供いたします」とそそのかす。二人は夜中に御所を抜け出し、牛車に乗って土御門大路を東へ向かった。目指すは山科の元慶寺（現在の花山寺）である。陰陽師・安倍晴明の家の前を通過。その際晴明は、謎の一行に不思議な気配を感じたという。「ひょっとすると花山天皇の身に何かが」。早速、式神（陰陽師が使役する鬼神）を御所に走らせたものの、すでに花山天皇は不在、一歩遅かったのである。

花山天皇の一行が賀茂川にさしかかると、松明《たいまつ》をもった武士団が現れる。彼らは天皇の警護係で、途中何物かに拉致されないよう、無事に出家できるようにと兼家の計らいであった。

元慶寺に到着し、持仏堂に入った。まずは花山天皇から髪をおろした。「これで仏弟子になれる。心が洗われるようだ」と花山天皇は漏らしたという。

次は道兼の番。と、道兼は「父に挨拶なしは親不孝、父に挨拶を」と言うなり寺を抜け出すも、二度と戻ってこなかった。

一方、御所の側近たちは花山天皇の行方が分からず、慌てふためいて「帝はどこへ？」と必死に探した。やっと元慶寺にいる花山天皇を発見したが、時すでに遅し、すでに剃髪後のことであった。

花山天皇も「謀られた！」と悟ったが後の祭り。二人の側近、義懐と惟成は責任をとって共に出家したのだった。

花山天皇の在位はわずか二年だった。新たに即位したのは、兼家の思惑通り懐仁親王で、第六六代・一条天皇となった。兼家は摂政となり、摂関政治体制を強固なものとした。

このクーデターの波を受けて為時は出世コースを外れ、その後十年余り、仕事らしい仕事に就くこともできなかった。

したがって道長に認められて得た越前守の職に対し、為時は心新たな気持であっただろう。もっとも、越前に同行する紫式部の気持ちは複雑だったに違いない。親しい友達との別れ、都から離れる寂しさ……。父の不遇と都との別離が、式部の作家性に影響したことも十分に考えられる。

為時にしても、雌伏の時代と道長に救われて官位を得た自らの波乱万丈な人生を通じ、姻戚政治の重要性を身に染みて感じたのではないか。この時代、娘を天皇家に送り込むことほど一家の繁栄を保証することはない、と。

為時はその後越後守に任じられるなどして、当時としては異例の長寿を生きることになる。

紫式部の本名とは

かつて「日本史最大の謎」の一つとまで言われた紫式部の本名を、「藤原香子《たかこ》」であると発表したのは、紫式部研究では著名な歴史学者・角田文衛である。

古来より紫式部の本名を究明することは不可能とされ、多くの研究者が匙を投げた格好であったから、角田の発表は学会のみならず一般人をも巻き込む衝撃的なニュースとなった。昭和五十年代のことで、私もハッキリと覚えている。

角田は「御堂関白記」の中にあった、「寛弘四年正月二十九日、藤原香子が掌侍に補された」という文章に注目した。

年に数名が掌侍《ないしのじょう》を辞任するため、その補充が行われていた。紫式部は当初、命婦として宮中に出仕したようだが、やがて昇進して掌侍となった。掌侍は女官の階級の一つであり、その数は三十名を超えていたらしい。

寛弘五年（一〇〇八）一一月、中宮に仕えた掌侍は八名いた。宰相、小少将、宮の内侍、馬の中将、藤式部つまり紫式部、殿司の侍従、弁の内侍、左衛門の内侍であった。このうち本名が明らかとなっているのは、宰相は藤原豊子、宮の内侍は橘良藝子、馬の中将は藤原淑子、弁の内侍は藤原義子、左衛門の内侍は橘隆子の五人である。素性の明白なのは、小少将（源朝臣の娘）、藤式部（藤原為時の娘）だ。

角田はこうして史料を精細に調べ、パズルのピースを合わせるが如く進めていくと、「掌侍のうち誰一人として藤原香子に該当するものがいなかった」。さらに消去法で名前を消していくと、「藤原香子」と「藤式部」つまり紫式部が残った。これは二人が同一人物ではないか、と角田博士は推定したのだった。

だが異論を唱えた学者もいて、現在「藤原香子は紫式部である」と断定にはいたっていない。

角田博士が紫式部の本名を見つけたキッカケは、「御堂関白記」である。この本の著者は藤原道長。自筆日記としては世界最古と言われている。道長が自分自身の忘備録のために記したとされ、書かれた期間は長徳元年（九九五）から治安元年（一〇二一）である。「紫式部の本名は藤原香子」という説の他に、紫式部の幼名を発表した学者もいた。物語研究と文献史学を専門とし、源氏物語に関する著書も多い上原作和である。上原は紫式部の幼名を「もも」と推定した。根拠は「紫式部集」の中の歌であった。

ももといふ名のあるものを時の間に散る桜には思ひおとさじ
（訳：桃は百＝もも、という名を持っているんだもの、いくら桜であろうと、すぐ散ってしまう花より見落とすようなことはしないよ）

実はこの歌の前に、紫式部はこんな歌を詠んでいる。

折りて見ば近まさりせよ桃の花思ひぐまなき桜惜しまじ
（訳：折って近くで見たら、見まさりしておくれ、桃の花よ。瓶に差した私の気持ちも思わずに散ってしまう桜なんかに決して未練はもたないわ）

桃を作者、桜を夫（宣孝）の関係のあった女性になぞらえている。このことから上原は大胆に、「もも」は作者、つまり紫式部の幼名ではないか、と推定したのだった。

が、これとてもいまだに断定はされていない。

紫式部の綽名《あだな》は「日本紀の御局」という。日本紀とは「日本書紀」のこと。要するに、女だてらに「日本書紀」のような漢文で記した歴史書を読むのは男まさりだ、というわけである。皮肉とも揶揄ともとれるこの綽名は、ひょんなことから宮中に広がった。

キッカケは一条天皇が「源氏物語」を読み聞かされている際、側近に、「この作者は日本紀をよく読んでおる。学才がある」と漏らしたとか。これを伝え聞いた掌侍の左衛門の内侍（橘隆子）が「学者ぶっている」と悪意に解釈してしまったらしい。

左衛門の内侍といえば、中宮（藤原彰子）に仕えた八人の掌侍の一人である。紫式部は彰子に仕えていたから、同僚といっていい。もちろん紫式部を、「クサい」と察知して〝オトコ〟を見破ったわけではない。物語を作り、歌も上手な紫式部に対する嫉妬心から、悪意に捉えて「学者ぶっている」という言葉をまき散らしたのだろう。これが殿上人の耳に入り、「日本紀の御局」という綽名がついてしまったというわけである。

紫式部本人は、この綽名で呼ばれることは苦痛の極みであったろう、と専門家は口をそろえている。綽名について「紫式部日記」から一部を抜き出してみよう。

殿上人などにいひちらして、日本紀の御局とぞつけたりる。いとをかしくぞはべる。このふるさとの女の前にてだにつつみはべるものを、さる所にて、才さかし出ではべらむよ

（訳：殿上人たちにもそんなふうにふれまわり、そのうえわたしのことを日本紀のお局という綽名をつけた。なんて馬鹿らしいことなんだろう。自分の実家にいてさえ、使っている召使たちの前でも遠慮しているわたしが、宮中などで学問を鼻にかけたりするわけはありません）

紫式部は「日記」のなかでこう反論しているのだが、さらに「宮中の女たちが、自分の悪口を言っている」ことに触れている。要約して紹介しておこう。

「『あの人ったら、漢籍なんか読んでいるから不幸せになるんだわ。女のくせして、どうしてあんなものを読むんでしょう。昔はお経だって、女が読むと止められたものなのに』と陰口をして歩いている、と。それを聞いてわたしは、『縁起かつぎが長生きをしたためしがないということがありますよ』と言ってやりたかったけれど、そんなことを言うと、せっかく親切に陰口を知らせてくれた人に対して悪いと思ったので、言うのをやめた」

平安時代は男女不平等の社会であった。そんな世の中で、男勝りの紫式部は当然のことながら「女のくせに」と宮中の女たちから口撃されたのである。

だが、「紫式部は女ではない」と仮定するならば、実にスンナリと違和感なく受け入れられるではないか。男勝りといっても、そもそも元来男なのだから、正鵠を射ているということだ。そうだとしたら紫式部の心理として、内心ヤバイとドキッとしたかもしれない。腹も立ったことであろう。

人は誰でもそうだろうが、自分の痛い部分を人に指摘されると、いい気持ちはしない。というより場合によっては腹立たしく、機嫌の悪い時などはカッとなってしまうだろう。むろん紫式部がカッとなって気に食わぬ女房に、たっぷりと墨を含んだ筆を顔面目がけて投げるなんて愚かなことはしないだろう。おそらくは心の中で、（くたばってしまえ！）と念じていたかもしれない。

いや、幼き頃より絶対秘密を抱えているだけに、素の感情を見せぬ術を身につけていたのかもしれない。自宅の召使にさえ「遠慮しているわたし」（『紫式部日記』）と、ことさらに控え目を強調しているところなど、絶対秘密を抱えているがゆえの行動というべきなのか。

紫式部という名前についても触れておこう。

「式部」は、父の為時が「式部丞」あるいは「式部大丞」であったことから名付けられた、と言われている。また「紫」は、源氏物語のなかのヒロイン、「紫の上」の紫が由来というのが有力な説だ。あるいは「藤式部」と言われた時期もあった。なぜなら藤原為時の子供だからだ。藤原の「藤」は紫色の花である。したがって紫式部と呼ばれたのだろうという説もある。

紫式部はこうして〝女〟になった

果たして紫式部は女ではなく男、それも〝本物のオネエ〟なのか。私の描くシナリオは、こうである。

紫式部は生まれる前から既に女と決められていた。決めたのは祖母、「定方の娘」であった。父の為時もむろん女を望んでいた。もし女子が生まれれば、あわよくば曽祖父と同じように娘を入内させて、天皇と契りを結び、そして子供を授かる、という未来図を描いていたかもしれない。さすれば天皇の外戚となり、出世は間違いない。

二人は家の再興を願っていた。なにしろ曽祖父の堤中納言・兼輔をピークにお家が下降線を辿っているのを身をもって実感していたはずだ。また、祖母は女子誕生を祈願しながら、自らの子供は男ばかりだった。せめて「孫は女の子」と、欲していたに違いない。

だが、生まれてきたのは女子であったものの、一家の命運を背負わせるには無理があった。私が勝手に「幽霊キャラクター」と名づけたこの人物が、紫式部の姉である。だから して、次に生まれてくる子供に為時と祖母は期待した。期待したというより、生まれてくる子供は何が何でも「女子として育てよう」と強い意志を固めていた。事前に女物の〝べべ〟や玩具などをうち揃えて、準備していたかもしれない。

為時と「定方の娘」の二人組の意見は強力であり、そこには腹を痛めた、紫式部の生母の意見なんて無に等しかっただろう。現代と違って姑の権力は絶大で、当然のことながら、紫式部の母は相当なプレッシャーを感じていたのは間違いない。それが大きなストレスとなってやがて、心の病を誘発させてしまったのではあるまいか。

紫式部研究の専門家は「紫式部の母が早く亡くなったのは産後の奇禍《きか》」のようなことを言っている。確かにあの平安時代、産後直後で亡くなるケースは少なくなかっただろうが、私はそうは思わない。女子を産めというプレッシャー。加えて嫁と姑の複雑な関係や軋轢。さらに藤原家同士の駆け引き、欲と欲のぶつかり合い。企み、陰謀、足の引っ張り合いといった様々なしがらみが、まるで蜘蛛の巣のように張りめぐらされて、あの雅な世界とかけ離れた陰湿な世界が横たわっていた、と思われて仕方がない。

そんなバックグラウンドのもと、紫式部の母、「藤原為信の娘」は子供を産んだ。九七二年（推定）のことであった。

だが、生まれてきた子供は男子だった……！

祖母の落胆ぶり。期待を裏切ったというプレッシャーに、母「藤原為信の娘」の精神的疲弊はいかばかりであっただろうか。

その後、夫と祖母から〝絶対秘密〟の口止めを受けたであろう。紫式部の母にとっては、耐えがたい精神的なプレッシャーであったに違いない。結果、心の病から亡くなった。祖母と夫の二人組に殺されたといっても過言ではないだろう。

こうして絶対秘密は守られ、「女の子」として紫式部は生きることとなった。紫式部が好むと好まざるとにかかわらず、女として世に送り出されたのではあるまいか。

そして、この二人組が企てた絶対秘密のプロジェクトに追い風となったのは、紀貫之であろう。紀貫之は前述の通り、堤中納言・兼輔邸の文学サロンに出入りしていた常連であった。兼輔の息子、雅正とも懇意にしていた。そんな紀貫之には、「土佐日記」という作品がある。まるで女が書いたような仕掛けで「ひらがな」を使って記した日記である。

当時、日記は男性が忘備録のためにつけるものであり、もちろん漢文で書いたものであった。だが、紀貫之は日記の冒頭に、「男もすなる日記といふものを女もしてみむとてするなり」と記している。つまり、女が書いたようにみせかけて書いているのである。繊細な表現をとりいれるために、あえて「ひらがな」で書いたのである。

女に仮託させた紀貫之の「女のような仕掛け」は、二人組にとって秘密プロジェクトを進める上でヒントになり追い風となった、と私は思っている。

紫式部が子供時代を過ごしたのは、あの賀茂川の西側にあった曽祖父、堤中納言・兼輔邸である。この大きな邸には伯父家族と共に住んでいた。伯父の子供は四人。全員男子であった。

紫式部は子供時代、この従兄たちと一緒に遊んだこともあろうが、おそらく祖母からきつく男子と遊ぶのを禁止されていたのではないか。「お前は女の子、楽器（琴）を習え！」と。「紫式部日記」のなかに琴の場面が出てくるのは、このためであろうか。

一般的には、小さい頃から女子のように育てたとしても、成長とともに本来の性に戻るのがふつうである。いくら父や祖母の命令であったとしても、反発して元の性に戻るものだ。

ところが、紫式部は戻ろうとしなかった。なぜか。

紫式部は成長と共に、肉体的にも精神的にも〝性〟に変化があったのではないか、と私は睨んでいる。ある時点から本人の意思で、これまで通り女装スタイルを貫き、立ち居振る舞いもごく自然に女性として生きたのである。

以上が、私の描くシナリオである。

果たしてこのシナリオに、どこまで信憑性があるのか、ないのか。

私は史料解読の旅に出ることにした。

第2章　越前時代

紫式部ゆかりの地へ

頭で考えるより先に体が動いてしまう。まさに居ても立ってもいられない、といった精神状態だった。私はスーツケースを転がしながら、一路上野駅へと急いだ。

気温三〇度以上、連日うだるような暑さである。上野から北陸新幹線に乗り込んだ。折しも夏休み。車内は家族連れで賑わっていた。

紫式部のゆかりの地を追う七日間の旅の出発であった。最初の地は、越前国・武生《たけふ》だった。現在の福井県越前市である。かつて、というより千年以上前に紫式部とその父、為時が国司として、およそ一年半あまり滞在したところである。

現在は紫式部公園があり、市民の憩いの場になっているらしい。もっとも当時の面影はほとんどないであろう。

プロローグでも少し触れたが、紫式部について、古くからレズビアンではないかという話が伝えられてきた。

例えば、駒尺喜美の『紫式部のメッセージ』（朝日選書）によると、

紫式部は決して「普通」ではない。驚くほど「特異」な人である。男性に対してよりも多く女性に関心を抱いている。（略）紫式部の家集には、男女の相聞は皆無に近く、女友達とのやりとりが目立つ。濃密なレズビアンと言った関係なのかは分からないが……

と、肉体関係については言葉を濁しているものの、女友達との書簡のやりとりはまるでラブレターだと言い切る。一線をこえていなくとも、紫式部は同性愛、レズビアンだというのである。

駒尺が「紫式部日記」のなかで注目したのは、特にこんな場面である。

宰相の君という若い女房の部屋の前を通りかかったので、紫式部はちょっと覗いてみる

と、彼女は昼寝の最中であった。着物を引きかぶって寝ている彼女の額のあたりが、あまりにかわいく美しいので、物語のお姫さまみたいと思って思わずかぶさっている着物を押しのけて彼女の顔をのぞきこむ。宰相の君はねむいところを起こされたので、「なんてことするの」と怒るが、その怒った宰相の君が一段と可愛いし、美しい――。

さらに宮仕えの中で紫式部が一番仲良しなのが、小少将《こしょうしょう》の君であるが、「上品で美しくおとなしい人」とぞっこんなのである。これらから、「紫式部は同性愛と確信した」と、女性学者である駒尺は言っている。

別のある学者も、紫式部と小少将の君は、同じ部屋（局）で寝起きを共にしているから、怪しいだけではなく、二人はきっと「デキている」と勘ぐるのである。

紫式部を取り巻く噂は喧しい。いわくレズビアン、いわくバイセクシュアル……かような下衆の勘繰りは後を絶たない。

だが、私は素直に同意できかねる。なぜなら紫式部は、絶対秘密を抱えている本物のオネエであり、それがため、性的な交渉はなかったと思っているからだ。彼女の性的行為はもっと精神的なものだろう。したがって同性愛でもバイセクシュアルでもない、という考え方なのだ。

男であって男でない。女であって女でない。本物のオネエを幼児から叩き込まれたがための人格を形成された人物、それが紫式部ではなかろうか……。

「紫式部日記」の記述から

紫式部の残した作品は、歌の自選集「紫式部集」を除くと二つある。

まず大作「源氏物語」である。五四帖からなる平安王朝の貴族たちの人間模様を描いている。絶世の美男子、光源氏を中心とした愛と恋の物語だ。当初は六〇帖あったという説もあり、残りの六帖は散逸してしまったという。なぜ六〇帖かといえば、仏教経典の天台六〇巻になぞらえたものだという説が有力である。源氏物語には「春秋」「荘子」「史記」といった中国の古典、さらに儒教や仏教の思想が色濃く影を落としているという。作品は長保三年（一〇〇一）から書かれ始め、寛弘五年（一〇〇八）にはほぼ完成したと言われている。執筆した紫式部が二九歳から三七歳までの頃である。

そしてもう一つの作品は、「紫式部日記」である。藤原道長の娘、彰子が一条天皇の子を懐妊し、出産までを実に生き生きと活写している。日記というよりルポルタージュ色が強い。生まれた子供（後の後一条天皇）への祖父、道長の喜びようは以下の如し。

「道長公は孫の皇子が見たくなると、真夜中でも、朝の起きぬけでも、時刻かまわずやってきて、寝ている乳母の掛布団に手をかけ、中をのぞきこんだ。（略）生後まだ一か月ほどで、たわいもない皇子を抱き上げて、目に入れても痛くないほどかわいがる。（略）時にはオシッコをひっかけられて、直衣（男子の平服）の紐をほどいて脱ぎ、几帳のうしろで、火鉢の火にかざし乾かしながら道長公は、『オシッコをひっかけられて、うれしいよ。かわいい孫ができたればこそ、オシッコをひっかけられる。それをこうして火にあぶって乾かすことにもなる。私の念願がこれでかなったというものだ』と、手ばなしの喜びようだ」

詳細に観察しているのは、さすが紫式部だと感心させられた。

だが、私は別の視点に関心があった。少々長いが訳文とともに以下に記す。

暁に、北の御障子二間はなちて、廂にうつせしたまふ。御簾などもえかけあへねば、御几帳をおしかさねておはします。僧正、きやうてふ僧都、法務僧都などさぶらひて、加持まゐる。院源僧都、きのふ書かせたまひし御願書に、いみじきことども書きくはへて、読み上げつづけたる言の葉の、あはれにたふとく、頼もしげなることかぎりなきに、殿のうちそへて仏念じきこえたまふほどの頼もしく、さりともとは思ひながら、いみじう悲しきに、みな人涙をえほしあへず、「ゆゆしう」「かうな」など、かたみにいひながらぞ、えせきあへざりける。

（訳：朝はやくに、北側の襖を二間とりはずして、中宮（筆者注：彰子）を、廂の間にお移しした。しきりの簾をかけているひまがないので、几帳をいくつも立てまわして、かこいにした。観音院の僧正、興福寺の定澄僧都、仁和寺の法務僧都などがやってきて加持祈祷をはじめた。法性寺の座主の院源僧都が、きのう道長公が中宮のために筆をとった安産祈願の願文に、更にありがたい言葉を書きそえて読み上げた。文章が荘重で美しく、力がこもっていて、聞いていて心をうたれた。僧都が読みあげるのに道長公も声を合わせて、ねがいの言葉を仏にむかって唱えはじめたので、いっそう頼もしい感じがした。これでは、ものの怪も退散せずにはいられまい。中宮にめったなことはあるまいと安堵はしたものの、それでも苦しんでいられる中宮がお気の毒で、誰も彼も涙がとめどなく出てきて、頬を濡らした。「泣くなんて、縁起でもない」お互いにたしなめ合いながらも、あとから出てくる涙を止めようもなかった）

いま一間にいたる人々、大納言の君、小少将の君、宮の内侍、弁の内侍、中務の君、大輔の命婦、大式部のおもと、殿の宣旨よ。いと年経たる人々のかぎりにて、心をまどはしたるけしきどもの、いとことわりなるに、まだみたてまつり馴るるほどなけれど、たぐひなくいみじと、心ひとつにおぼゆ。

（訳：几帳の外に残された女房たちは、大納言の君、小少将の君、宮の内侍、弁の内侍、中務の君、大輔の命婦、大式部のおもと、殿の宣旨などの人々だ。いずれもながく中宮に仕えてきた人たちばかりだから、お産の安否を人一倍気遣って無我夢中なのももっともなことだ。わたしなど、出仕してからまだ日が浅く、中宮に馴染むひまもなかったくらいなのだが、今日までおぼえたことのないほど深い感動で胸がいっぱいになってしまった）

日記は更に続き、皇子出産後に女房たちは、みな白装束に着替えて「産養い《うぶやしな》の儀式」、そして祝宴の様を臨場感豊かに記している。

しかし、彰子の出産に際しての紫式部自身の感情の発露が、私は解せなかった。当時、紫式部は三六歳前後である。ちなみに中宮・彰子は二一歳、その父道長は四三歳であった。この時点で紫式部は、出産の経験があるはずである。夫（宣孝）との間にできた、と言われる大弐三位《だいにのさんみ》である。宣孝とはすでに死別していたが、人生の最大事ともいうべき出産を体験したものならではの感情が、日記の文面から感じとれないのだ。

一般的に出産経験を持つ女性は、自分の経験を言いたがる傾向がある。たとえ経験を吐露しなくても、文面からそこはかとなく出産経験が感じられるものだろう。

が、紫式部の記述にそれはない。彰子のお産をめぐり、慌てふためく宮中の人々や、超常的なものにすがる様子を見事に活写しているが、妙に冷静で感情移入が感じられない。「涙を止めようもない」とか「深い感動で胸がいっぱい」などの記述もあるが、それらはあくまで一般的な出産シーンへの立ち合いに対する感動のようだ。引用箇所の他にも「紫式部日記」を読み込んでみたが、出産経験者ならではの感情移入や、自らの体験の反芻という要素がまるで見当たらないのだ。

これは一体どういうことか。本当は出産の経験がないのではなかろうか。

北陸新幹線は金沢駅に到着した。さらに金沢駅から福井行の電車に乗り込んだ。能美根上、明峰、加賀温泉を通過し、やがて福井駅に到着した。それからさらに越前花堂、大土呂、北鯖江、鯖江を経て、やっと武生《たけふ》駅に着いた。

紫式部も眺めた名峰・日野山

武生は山に囲まれた盆地であった。武生駅周辺は、ビルが立ち並び大きなスーパーマーケットもある。駅前のロータリーには、客待ちタクシーも多く並んでいた。ローカル色は

紫式部公園にある紫式部像

あまり感じられない。

私はホテルにチェックインしたあと、タクシーで紫式部公園へ向かった。紫式部公園の周囲には民家や中学校があり、実に閑静な住宅地であった。公園の広さは約三〇〇〇坪。庭内は平安貴族の住居を模した造りとなっており、寝殿造り庭園としては全国で唯一だといわれる。池には朱に塗られたアーチ型の橋がかかっている。庭内で目をひくのは、やはり黄金色に塗られた紫式部の全身像だ。十二単衣を身に着けて手に扇を持っている。

夏休みとあってか、子供たちの姿も多く見られた。犬を散歩中の女性と出会った。早速聞いてみた。

「紫式部がこの武生の自邸から見ていた

という日野山はどこですか」
「日野山は紫式部さん（像）の視線の先の山です。実は私はあの山に登ろうと前から思っていました。紫式部さんのファンですから。もともとこの武生ではありません。十数年前に新潟からお嫁にきたんです。先日も中学生たちがあの日野山に登っていました。この街では有名ですから。ですので来週に登ろうと思っているんです」
日野山は公園の東南に、やや霞んで見えていた。標高約八〇〇メートル。紫式部の自選歌集「紫式部家集」には、日野山に触れた一節がある。

暦に初雪降ると書きつけたる日、目に近き日野岳といふ山の雪、いと深く見やらるれば……

紫式部の黄金像のそばには歌碑がいくつか立っていた。この歌碑にも日野山を詠んだ一首が刻まれていた。

こゝへかく日野の杉むら埋む雪小塩の松にけふやまがへる
（訳：ここ越前でこのように日野山の杉木立を埋める雪は、都で見た小塩山の松に降

紫式部公園より望む日野山

り積もるであろう雪と見紛うばかりだ）

ウオーキング中の男性にも聞いてみた。「もう四〇年前に日野山に登った。越前富士といわれているんだ。ちょっとだけ格好が富士山に似ていないかい。てっぺんには小屋があってな、塀に自分の名前を書いてきたよ。みんな自分の名前を書くのさ。夏のお祭りには山のふもとに屋台が出たりして賑やかだよ。今は途中まで車が行ける。昔は下から登らなくてはならなかった。二時間以上かかった。すごい悪路でズボンが泥だらけになったことを覚えているよ。紫式部のことかい、会ったこともないからあまりよく知らないなあ、アハハ」

とはいうものの、この街ではシンボル的な存在なのが紫式部である。それが、「本物のオネエ」であったとしたら……まさにドン引きといった体ではないだろうか。つまり私のやっていることは、この町に住む人々の心に水を差すものではないか。大袈裟に言えば、心を踏みにじってはいないだろうか……そんな懸念が頭を掠めた。

私はホテルに戻り、八階の一室の窓から一望できる武生の街をぐるりと見渡していた。日野山にかかる雲がたなびく。きっと若き日の紫式部もこの光景を見ていたであろう。

紫式部が越前にいたのは一年半ほどと言われるが、この時代がのちの大作家・紫式部に与えた影響は小さくないとされる。厳しい北陸の冬は、先に引いた歌のように都への郷愁を誘うものであったのだろう。多感な時代に都を離れることで、宮中での生活に寄せる思いは強くなったのかもしれない。

翌日は越前市役所に向かった。紫式部に関する情報を得るためであった。

最大の謎、紫式部の居住地

紫式部公園では毎年五月三日に「式部とふじまつり」が開かれるという。ちょうど藤の花が満開になる季節だ。当日は、十二単衣に身を包んだ紫式部に扮したモデルや王朝貴族の仰々しい身なりをした人たちが庭内を練り歩く。つかの間の王朝絵巻が繰り広げられるわけである。

ただ、この庭園に紫式部の居住地があった、というわけではない。というより紫式部の居住地跡は今日まで、まだ見つかっていないのである。とすれば一体、どこにあるというのか。

越前市役所文化課の話では、

「もう二十年間も発掘していますが、いまだ越前国の国府は見つかっていません。国府が見つかれば紫式部が父と住んでいた居住地跡は見つかるはずですから」

また、「越前国府関連遺跡発掘調査」（福井県武生市教育委員会）によると、

「武生市（現在の越前市）は福井県嶺北地方のほぼ中央に位置し、東西二六・五キロ、南北一四・九キロの菱形で面積は一八五・三二平方キロメートルである。武生低地の中央部を北に貫流し、市域を東西に二分する日野川は、福井県と岐阜県の境にあたる夜叉ケ池に源を発し、南条山地から日野山麓を経て武生低地に入り、福井平野で九頭竜川と合流して日本海に注いでいる。（略）国府の位置については歴史地理学の立場から推定すると諸説ある。しかし概ね市街地北部で一致しているところである」という。

武生は国府の所在地としては古くから知られているものの、正確な位置を特定するにいたっていないのである。

ところが、一九九六年、「紫式部越前武生来遊千年祭」をキッカケに、地元住民より「紫式部の住んでいた場所を見つけて欲しい」との声が高まった。その翌年から、国庫補助を受けて三か年計画で発掘調査が行われることになった。

国府はおおむね武生市国府一丁目あたりと言われたが、このあたりに本興寺という寺があった。早速調査チームは寺に掛け合い、「境内を発掘調査したい」と申し入れをしたものの、寺から同意を得ることができなかった。なぜ拒否されたのか。当時、発掘調査に関わった文化部の奥谷博之さんが言う。

「以前に掘ったことがあったが、その時は（国府を裏付けるものが）出てこなかったから、無駄だということで断られたのです」

以前というのは昭和の時代で、寺側で発掘したらしい。

仕方なく周辺の空き地を掘ることにした。さらに発掘場所の調査を進めると、今度は住宅が建っている。やむなく住宅地のわずかな面積を確保して掘った。なにしろ面積は一九・六平方メートル、六坪足らずだった。それでも二五日間かけて掘ったという。これで紫式部の邸を見つけようとは、まったく話にならない。

むろん発掘はその場所だけではなく市内各地に及んだ。結果、さまざまな出土品があった。

須恵器（坏蓋、坏身、平瓶）、瓦、土師質土器、陶磁器類や石臼などの石製品、さらに古銭類。古銭類は九五枚出土した。古くは開元通宝が八枚で、鋳造は六二一年。さらに宋通元宝（九六〇年）、淳化元宝（九九〇年）、至道元宝（九九五年）、景徳元宝（一〇〇四年）、祥符通宝（一〇〇九年）、祥符元宝（一〇〇九年）、元聖元宝など中国の貨幣ばかりだった。

なぜ中国の古銭が出てきたかといえば、当時、日本は中国と交流があったからだ。遣唐使が八九四年に廃止されてからは、日宋貿易というかたちで交易が続いた。

「小右記」によれば、紫式部の父、藤原為時がこの越前に来る前の年（九九五年）の九月、宋人七〇名余りが若狭に漂着。その際、中国語の出来る為時が通訳として駆り出されている。そして翌年、為時一家が越前国にやってきたことから、彼らは国司として着任した為時にお礼の挨拶に来た、という。この際に為時は宋人に詩を送っている。歴史書「今鏡」にはこう記されている。

越に下りて、唐人と文作り交わされ侍りける。

去国三年孤館月
帰程万里片帆風
（訳：為時は越前へと下向し、来着していた唐国人と漢詩文を作り交わしたりされました。
懐かしい故国を去ってもう三年も過ぎ、寂しい宿舎で悄然と月を眺めているが、帰る道のりは果て知れず、舟は横風の為、遅々として進まないことだろう）

ちなみに為時の漢詩文は、国文学史上では名詩とされているが、宋人には評判が悪かったらしい。

発掘調査は一次、二次、三次と続いた。国府推定地域の元町の調査では、南端付近から遺構が確認された。調査は今でも続行中というが、なかなかスムーズにはいかないのが現状という。

発掘のエリアを拡大すれば国府、つまり紫式部の居住地は見つかり、紫式部の使った硯類などが発見される可能性もゼロではないだろう。だが、有力な候補地（本興寺境内）は発掘拒否。加えて他の発掘エリアには、一般民家がずらっと立ち並んでいるのだ。

ところで、国府の決め手とは以下の物的証拠だという。

1、木簡・墨書土器の文字が書かれているもの
2、硯や筆などの文房具類
3、ふいご・金槌など生産用具
4、土器類・石帯、沓《くつ》などの生活用具
5、瓦、柱、礎石などの建物関係
6、役所などの柱穴、築地、庭園、池、井戸、道路など人工的土木工事の跡
などが見つかることで、国府跡と断定される。

「発掘しない限り越前国府は永遠に解明されないのです。市民のみなさんのご協力がこの問題を解く鍵です。紫式部が生活した場所、国庁の位置が特定される日を市民のみなさんとともに念じております」と越前市教育委員会の委員長、真柄甚松さんは呼びかけている（「武生市史編纂だより」第30号より）。

再び越前市役所・文化課の話。

「紫式部の住んでいた国府は八〇〇メートル四方といいますから、広大な敷地を有していました。見つかるといいのですが……」

夫・宣孝のラブレター

紫式部がこの武生に滞在中、のちに夫婦となる宣孝からたびたび手紙を受けとっていたらしい。証拠が残っているわけではないが、プロポーズのラブレターではないか、と専門家は口をそろえている。二〇歳前後も年上の宣孝と紫式部の接点は一体何かといえば、父・為時つながりである。

系図集「尊卑分脈」によると、すでに宣孝には三人の妻があった。なのに紫式部に言い寄る魂胆は何であったのか。人目をひくほどの美しさではなく、抜群のスタイルの持ち主でもない紫式部。内気で控えめな、どちらかといえば地味な女性であった紫式部。どのあたりに男心を揺さぶる魅力があったのだろうか。

そう考えると二人の結婚は、何か違和感を覚えるのだ。紫式部の中級貴族の家柄に魅力があったかといえば、そうではない。ならば、すでに中年男、いや、四十歳を超していたとすれば、当時ではそろそろ老境に入る年頃。そんな宣孝の結婚の狙いとは、何であったのか。

やはりこれは、紫式部の父、為時のたっての願い、つまり「うちのムスメと結婚して欲しい」ということではなかったのか。

為時と宣孝は共に具平親王の家司であって親しくしていた。家司とは、親王や内親王家に設置された家政をつかさどる職員のこと。

また、具平親王は村上天皇の第七皇子で、不義の子（？）の処置に困り、窮状を知った紫式部の父の兄が、息子の養子にして引きとっているのだ。要するに具平親王と為時とは大っぴらに人に言えぬ秘められた関係を持つ、いわば同志であった。そこに宣孝を取り込み、何らかの取引をしたのではあるまいか。

年頃になっても紫式部が結婚もせず、ずっと女ひとりでは、世間から怪しまれる。怪しまれれば、いろいろ面倒なことが起きるかもしれぬ。紫式部が「本物のオネエ」と見破られることはないものの、特殊な人に見られてしまう。人の噂は、悪い方に拡大しがちである。とすれば為時の家柄に汚点となるばかりか、第一に絶対秘密の主犯格（？）である祖母の怒りがおさまらないだろう。

長年、絶対秘密を守り続けていたのが、ほんの些細なことから崩れることだってあり得る。最悪の事態を避けるためにも為時は、こんこんと宣孝に懇願したのではないだろうか。すでに齢四十もすぎていた宣孝は、為時の願いを受け入れたのであろう。

そしてまず手始めに手紙のやり取りからはじめた。それが、越前に滞在中の紫式部宛の手紙だったと私は思っている。為時は手紙が届けられたのを知って、内心「計画通り！」とニンマリしていたかもしれない。

そもそも宣孝は堅物ではなく、話のわかる洒落っ気のある男だったようだ。清少納言は「枕草子」の「あはれなるもの」の段に、宣孝を登場させている。

それによると、正暦二年（九九一）の三月末、宣孝は御嶽詣をした。ここでいう御嶽とは奈良の金峰山のことで、山岳信仰の一環とされる。御嶽詣には質素な衣装で行くのが当時の習わしであったが、宣孝はまったく気にせず派手な服装で参詣し、人目を引いたという。

貴族社会にあって、規律を頑なに守るタイプではなく、いわゆる「話のわかる人」であったのかもしれない。

その後宣孝は、長徳元年（九九五）に筑前守となり任期を終えて帰京した。宣孝は、右《う》衛門権佐《えもんごんのすけ》を兼ねて山城守となった。右衛門権佐とは、検非違使《けびいし》の指揮官、平たく言えば警察庁の高官クラスか。

宣孝はやがて紫式部と結婚した。時に宣孝四五歳、紫式部二九歳だった。この結婚は、紫式部の父、為時だけではなく、まだ生存中であった祖母をも喜ばせたに違いない。というよりも、ほっと胸をなでおろしたことであろう。なにしろ絶対秘密を守り通すための第一関門が、この偽装結婚であったからである。

そして最後の関門ともいうべき、子づくりの問題さえクリアすれば、完璧な絶対秘密のプロジェクトは完成する段取りなのだ……。

紫式部は一年半ほどの武生滞在を終えて、宣孝から送られてきた幾らかのラブレター（？）を抱え、琵琶湖の東岸を通り抜けて京に戻ったものと思われる。

ちなみに宣孝宛の歌の一首が、「紫式部集」に残されている。

春なれど白嶺のみゆきいやつもり解くべきほどのいつとなきかな
（訳：春にはなりましたが、こちらの白山の雪はいよいよ積もって、おっしゃるように溶けることなんかいつのことかわかりません）

白嶺とは石川県の白山のこと。千年後の今でも晴れた日には越前市からクッキリと白山を見ることができる。

それにしてもラブレターを受けとった紫式部の本当の心は、一体どうであったのか。父親の言うことは絶対であった時代。父親よりも祖母の方の力がもっと絶大であった時代である。この父と祖母の二人から結婚を勧められた人物を拒否することなどできなかっただろう。

それよりも当時、出家以外に女が生涯独り身という〝特異な女〟の範疇から脱することの方がより重要だったのだろう。なにしろ絶対秘密を守らなければならぬ使命があるからだ。したがって手紙のやりとりは、結婚を前提とした助走ぐらいに思っていたかもしれない。紫式部にとっても結婚は世間を騙すためであり、絶対秘密の完成には不可欠な関門と認識していたかもしれない。歌にも胸のトキメキは感じられない。

紫式部のファッション観

翌日、若き紫式部が滞在した武生を後にした。北陸本線に乗ること約三〇分、敦賀に到着した。ここから特急サンダーバードに乗り換えて京都に向かった。次の目的地は石山寺であった。

石山寺は琵琶湖の南端に位置し、紫式部が参籠《さんろう》の際、「源氏物語」を着想したという言い伝えがある。

「枕草子」「更級日記」「蜻蛉日記」にも石山寺は登場している。当時の王朝女流作家がこぞって参籠していたのが石山寺であった。京都の清水寺、奈良の長谷寺とともに日本では有数な観音霊場である。

ところで、これまで私は、紫式部はオネエだったという自説を、主にお家事情から組み立ててきた。そのほかに、作品からオネエならではの資質がうかがえることも、オネエ説の根拠と思っている。そのあたりについて述べてみたい。

平安時代は禁色というものがあった。赤、紫などは高貴な人だけに使用が許されていたのである。そういった〝ドレスコード〟を踏まえた上で、十二単衣に身をつつみ、ファッションを楽しんでいたのだろう。男たちにとっても、その鑑賞は楽しみであったのだろう。「紫式部日記」のなかにこんな文章がある。

東の対の局よりまうのぼる人々をみれば、色ゆるされたるは、織物の唐衣、おなじ袿どもなれば、なかなかうるはしくて心々も見えず

(訳：禁色を許された高位の女房たちの服装が、袿《うちぎ》も唐衣も同一の綾織物を用いでいるので、あまり統一されすぎていておもしろみがない)

紫式部は土御門邸の私室から眺めて、女房たちのファッションを批評しているのだ。

さらに、

上は白く、青きが上をば蘇芳、一重は青きもあり。上うす蘇芳、つぎつぎ濃き蘇芳、なかに、白きまぜたるも、すべて、しざまをかしきのみぞ、かどかどしく見ゆる。いひしらずめづらしく、おどろおどろしき扇ども見ゆ。うちとけたるをりこそ、まほならぬかたちもうちまじりて見えわかけれ、心をつくしてつくろひ化粧じ、劣らじとしたてたる、女絵のをかしきにいとよう似て、年のほどの、おとなびいと若きけぢめ、髪のすこしおとろえたるけしき……

（訳：表着が白、かさねた袿の青の上を蘇芳色にし、単衣を青にしたものもあれば、表着が白の淡い蘇芳で、下のほうへつぎつぎに濃い蘇芳をかさね、その間に白をまぜたものもあった。総じて衣装の好みのよしあしで、その人の気くばりかたがわかる。新奇をきそって、仰山にかざりすぎた扇なども見られた。ふだん、なんでもない時は、大勢のなかで器量のよくない人が目につくものだが、今日のように、精一杯に身なりを整え、化粧をして、他人にひけをとるまいとみんなが飾り立てている時は、一様にはなやかで美醜の区別がつかず、まるで美人群の像の絵をみているようだ。老けた人と若い人との区別とか、いまが盛りの豊かな黒髪と、うすくなった髪とのちがいは……）

かなり細かく、かつ辛辣な目で見ているのがわかる。
さらに、

かの君は、桜の織物、袿、赤色の唐衣、例の摺裳着たまへり、紅梅に萌黄、柳の唐衣、裳の摺目など、今めかしければ、とりもかへつべくぞ君やかなる。（略）宮は例の紅の御衣、紅梅・萌黄・柳・山吹の御衣、葡萄染の織物の御衣、柳の上白の御小袿、紋も色もめづらしく今めかしきたてまつれり。

（訳：小少将の君は、桜の織物の袿、赤色の唐衣、こうした時の常例の摺り模様の裳をつけていた。わたしは紅梅の重ね袿に、萌黄の表着を着、唐衣は柳、裳は摺りのはなやかなものなので、小少将の君のと取りかえてもいいくらい若づくりになってしまった）

人の格好に目ざといだけでなく、自らのファッションに対する客観的な視点も持ち合わせていることがわかる。
「紫式部日記」では、かような記述が多くみられる。実はこれが、「紫式部は女ではない。

本物のオネエである」という仮説の支柱となり得る一つのポイントではないか。それは、衣装へのこだわりである。

昨今のテレビのワイドショーでは、ファッション・チェックの担い手として、オネエっぽい人が少なくない。この先鞭をつけたのは、ファッション評論家という肩書をもつピーコであることは間違いないが、そのほかにもオネエ、もしくはオネエっぽい人が、服飾関係の分野において才能を発揮しているケースはよく見られる。

オネエたちのファッション・チェックがウケる理由は、本音でずけずけとモノを言うから。特に主婦層のウケがいい。

傾向として女性は、同性の悪口を面と向かって言わず、陰口をたたくものである。これは紫式部の時代から何ら変わっていない。しかし、オトコであって男でないオネエは、女の本音をすくい上げ、女に代わって堂々と本音を言ってのけるから、女たちを爽快な気分にさせるらしい。つまり女に遠慮せず容赦なく批判するのが、オネエの特質とも言える。

だからして主婦を中心にオネエはモテる。テレビからなかなか消えない所以である。いや、消えないどころかオネエタレントをテレビで見ない日はないぐらいである。ざっと見渡してもマツコ・デラックスをはじめ、ＩＫＫＯ、はるな愛、ミッツ・マングローブ、ＫＡＢＡ.ちゃん、クリス松村、教育評論家を名乗る尾木ママまで数えあげたらキリがない。

余談だが、私が民間テレビ局に在職中、あるワイドショーで国際的な日本女優を取り上げた。アメリカの人気作家、ジェームズ・クラベルの「将軍」が映画化され、ヒロインにこの女優が選ばれたのだ。

そのワイドショーのレギュラーコメンテーターはオネエタレントであったが、彼女が発した言葉が問題となった。「芝居は下手だし、胸はペチャパイだし」と辛辣なコメントをくだしたのだ。この女優、「お高くとまっている」と同性から不人気であったから、主婦たちは拍手喝さいの喜びようであったらしい。

ところがこの女優がたまたまテレビを見ていたから、さあたいへん。絶対に許せないと号泣した。所属事務所の社長が、早速テレビ局にクレームを申し入れ、「オネエタレントを番組から降ろすか。担当ディレクターをクビにするか」と迫った。

オネエタレントは主婦受けするので、番組から外せない。結果、ディレクターをクビ（配置転換）にすることで、一件落着した。

オネエならではの辛辣な人物評

このようにオネエは、特に女性をターゲットとして、メイクの仕方や衣装の着こなし方から服の選び方、さらに人物にも斬り込み、きわめて辛辣なコメントを発するのだ。だから女性にウケる。

まさに、これぞオネエの特質ではないだろうか。なかなか本音でモノを言わない、いわゆる大人の対応とかいうコメントで逃げてしまう今の世の中だ。だからこそオネエが受け入れられている時代とも言えるし、今後ますますオネエ人気は高まるかもしれない。

とにもかくにもオネエの特質を念頭に置いて再び「紫式部日記」を読んでみた。するとどうだろう、まさにズバリではないか。例を挙げてみよう。

和泉式部といふ人こそ、おもしろう書きかはしける。されど、和泉はけしからぬかたこそあれ、うちとけて文はしり書きたるに、そのかたのざえある人、はかない言葉のにほひも身えはべるめり。（略）

それだに、人のよみたらむ歌、難じことわりゐたらむは、いでやさまで心は得じ、口にいと歌のよまるるなめりとぞ、見えたるすぢにはべるかし。

はずかしげの歌よみやとはおぼえはべらず。（略）

ややもせば、腰はなれぬばかり折れかかりたる歌を詠み出で、えもいはぬよしばみごとしても、われかしこに思ひたる人、にくくもいとほしくもおぼえはべるわざなり。

清少納言こそ、したり顔にいみじうはべりける人。さばかりさかしだち、まな書きちらしてはべるほども、よく見れば、まだいとたらぬことおほかり。かく、人にことならむと思ひこのめる人は、かならず見劣りし、行くすゑうたてのみはべれば、艶になりぬる人は、いとすごうすずろなるをりも、もののあわれにすすみ、をかしきことも見過ぐさぬほどに、おのづから、さるまじくあだなるさまにもなるにはべるべし。そのあだになりぬる人の果て、いかでかはよくはべらむ。

(訳：和泉式部という女房と、手紙のやりとりがあった。いい手紙を書く人だ。彼女は常軌を逸した一面を持った人だが、(略)何気ない言葉の端々にも生彩がある。(略)

これほどの上手でも、他人のよんだ歌を非難したり批評したりしているのを見ると、ほんとにわかっちゃいないないという気がする。ひとりでに口からすらすらと流れ出てくるような詠いぶりで、さしてこちらが劣等感をもつほどの歌人とも思えない。(略)どうかすると、腰折れ歌(まずい歌。歌の三句目と四句目の間の意味が続かない歌のこと)を詠んで、見ていられないほど愚劣な、形ばかりの風流事で、いい気になっている人がいる。そんな人を見ると、気の毒というよりも腹が立ってくる。

清少納言という女房は、高慢ちきな顔をした、実にたいへんな女だ。さも賢女ぶって、学才を鼻の先にぶらさげているが、よく見ていると、まだまだ勉強の足りない点がたくさんある。あんなふうに、いつも他人からぬきんでて自分の特色を発揮しようとばかり考えている人間は、いつかきっと馬脚をあらわし、末路はいいことがないにきまっている。

また、色っぽさで売り込もうとしている人がある。そんな人は、相手に対して気がない時でも、無理に思わせ振りなそぶりをして、風情ありげに見せているうちに、しぜんそれが性格になり、感心しない軽薄な人間にかわってしまう。こんなふうに軽薄になってしまった身の果てにも、よいことがあるはずがない）

紫式部が清少納言を非難している箇所は有名なところである。

紫式部は清少納言より十歳ほど年下だが、二人が何かとライバル的な存在として長い間語り継がれてきた要因は、その背景にある。紫式部は中宮・彰子に仕えた女房である。一方、清少納言は、中宮・定子に仕えた女房だ。彰子も定子も夫は同じ、つまり一条天皇である。したがってどちらが先に世継ぎを産むかという点で、当然ライバル関係にあった。

さらに彰子の父は道長。定子の父は道隆である。道長と道隆は兄弟だ。父・兼家の長男が道隆で、五男（四男の説もある）が道長なのである。

権力闘争の中、二人の中宮の競争意識が高まるのは、自然の成り行きだろう。とすれば、仕える女房たちにも伝播するのは当たり前である。だから年上であろうと、紫式部は清少納言に対し、コテンパンにこき下ろすのもまた然りであった。

ここでポイントは、非難の仕方である。さすが「本物のオネエ」だけにきわめて辛辣だ。ちなみに彰子は二人の子供が天皇となった。第六八代・後一条天皇と第六九代・後朱雀天皇である。だが、後にこの二人の天皇に先立たれた。さらにその後も、孫の第七〇代・後冷泉天皇にも先立たれるという悲劇を味わった。なお、後冷泉天皇の乳母は紫式部の娘、大弐三位であったのは、因縁というべきか。晩年、彰子は父・道長が建立した法性寺阿弥陀堂内で亡くなった。享年八七。

一方、定子の皇子は天皇になることができなかった。父の死をキッカケに立場が弱くなり、自分の住む二条宮が全焼、母の死と相次ぐ不幸に見舞われた。第二皇女の出産の直後、まだ三十代の若さで亡くなったのであった。

ともあれ紫式部がオネエの資質を備えていたことで、私の好奇心はさらに募った。きっとまだ他にも、手掛かりが埋もれているはずだ。

第3章　紫式部の結婚

「源氏物語」の原点へ

特急サンダーバードは京都駅に到着した。下車するとムッとするような夏の暑さが全身にまとわりついてきた。ペットボトルの水を飲みながら私はスーツケースを持ってローカル線に乗り換えた。

紫式部のいた頃は、もちろんクーラーはなく、夏はさぞ大変であったろうと想像する。十二単衣を脱いだわけではあるまい。夏用の薄着ではあっただろうけれども、暑いからといって裸になるわけにはいくまい。一般人ではないのだ。下々の者なら、人目をはばからずにもろ肌脱いで賀茂川に飛び込み、水遊びに興じただろうが、いやしくも貴族の女たちは、はしたない行為は慎んだはずだ。吹き出る汗に、化粧の手を休めることはなかったと思われる。

ましてや本物のオネエにとって、夏ほど厄介な季節はなかっただろう。汗によって正体がバレることはないにしても、何か心理的なプレッシャーは感じていたに違いなく、ふだんよりいろいろ気を使ったと思われる。

そんなことを考えながらローカル線に乗り込んだ。車内はクーラーが効いて快適であった。車窓に目を転じると田園風景、その向こうに山々が見えた。滋賀県大津市の石山駅で下車すると京阪石山線に乗り換えて、二つ目が石山寺駅だった。寺まで一〇分余りだが、夏の暑さはしんどい。瀬田川沿いをタクシーで向かった。

石山寺は天平一九年（七四七）に創建された東寺真言宗の寺である。びわ湖毎日マラソンで有名な瀬田の唐橋の南二キロに位置していた。

寺伝によれば、上東門院（彰子）が紫式部に物語を書くように促し、紫式部はこれを受けて石山寺に七日間参籠。参籠とは、神社や仏堂へ参り、一定期間ひきこもって昼も夜も神仏に祈願することで、三日間参籠、七日間参籠、また百日間参籠というものもあるという。平安時代は頻繁に行われていたらしい。

紫式部は八月一五日の名月の夜、物語の構想が浮かんだという。「今宵は十五夜なりけりと思い出でて、殿上の御遊恋しく」と書き綴ったらしく、これが「源氏物語」の須磨、

石山寺山門

石山寺の「紫式部　源氏の間」

愛読者カード

このたびは小社の本をお買い上げ頂き、ありがとうございます。今後の企画の参考とさせて頂きますのでお手数ですが、ご記入の上お送り下さい。

書名

本書についてのご感想をお聞かせ下さい。また、今後の出版物についてのご意見などを、お寄せ下さい。

◎購読注文書◎

ご注文日　　年　　月　　日

書　名	冊　数

代金は本の発送の際、振替用紙を同封いたしますので、それでお支払い下さい。
（２冊以上送料無料）

なおご注文は　FAX　03-3239-8272　でも受け付けております。

郵 便 は が き

料金受取人払郵便

神田局承認

2212

差出有効期間
平成29年４月
30日まで

101－8791

507

東京都千代田区西神田
2-5-11出版輸送ビル2F

共栄書房 行

お名前《ふりがな》 お電話
ご住所（〒　　　　　　　　　） （送り先）

◎新しい読者をご紹介ください。

お名前 お電話
ご住所（〒　　　　　　　　　）

明石の二編だった、と言い伝えられている。

さて、参拝者は老夫婦が多かった。ここには本堂の隣に「紫式部　源氏の間」（四畳）があるが、ここに来るまでがなかなか大変。なにしろ石段をたくさん上らなければならず、年配者はとてもしんどい。紫式部が十二単衣を着て、こんな高い場所まで果たして上ったのだろうか。もちろん籠で担がれていただろうが。

参拝者たちは、「紫式部　源氏の間」の前でさかんにカメラのシャッターを切っていた。

私は石山寺を参拝した後、ホテルにチェックインした。そのままベッドに横になると寝込んでしまった。ハッと目を覚ましたのは、深夜二時過ぎのことであった。カーテンを開けて眼下を見れば、瀬田川の川面が黒く光って見えた。

紫式部は、この瀬田川を眺めていたこともあっただろう。春になると、川面にも渡り鳥が飛来して人々の目を楽しませていたかもしれない。

そう言えば「紫式部日記」の中に、有名な一節がある。水鳥の歌である。

水鳥を水の上とやよそに見むわれも浮きたる世を過ぐしつつ

かれも、さこそ心をやりて遊ぶと見ゆれど身はいと苦しかんなりと、思ひよそへらる。

（訳：水の上に浮かんで暮らす水鳥の生き方を、はかないものなどと、よそごとのように考えていいものだろうか。

わたしだって空中に浮いたような、行く末不安な、たよりない身であることに変わりはないのだから）

この水鳥の一節をみるとき、水面下で一生懸命に足を蹴って足掻いている姿に、紫式部の生き方が投影されているような気がしてならない。水上、つまり世間では女であり続けているけれど、実際に水面下では〝絶対秘密〟を抱いている身、という二重の人格者であったに違いない。とすればこの狭間で揺れる運命《さだめ》は、誰にも理解されないだろう。この水鳥の歌はそう思えてならない。

翌日、私はホテルをチェックアウトして石山寺駅から再び電車に乗り込んだ。次の目的地は紫式部が参拝したであろう塩津神社だった。塩津神社は琵琶湖の最北端の岸に位置し、平安時代より北陸・越後から運ばれてくる海産物や塩の輸送の中継地だった。

紫式部が父と共に京の邸から越前・武生へ赴任する途中、この塩津郷に一泊したはずである。とすれば旅の安全を祈願して紫式部一行は、塩津神社へ参拝したに違いない。そう考えて私は塩津神社へと向かったのだった。車窓に目をやると、たなびく雲に陽光があたり、いっそう白くなっていた。

紫式部の絶対秘密のプロジェクトを企画立案し、実践した人物は、紫式部の祖母と父の二人であろう。〝主犯格〟は祖母と私は睨んでいると述べた。この、紫式部の祖母とは、一体どんな人物なのか。

紫式部の祖母とは何者なのか

紫式部の祖母の正式な名前は不明である。一般的に「藤原定方の娘」と表現されている。しかしここでは「藤原定方の娘」ではなく「紫式部の祖母」という言い方で話を進めることにする。

まず、「紫式部の祖母」の両親のことから話を始めることにしよう。

父の定方は、京の三条に邸があったことから三条右大臣と呼ばれ、醍醐天皇の外伯父である。定方の妹の胤子《たねこ》は、醍醐天皇の母にあたるからである。

定方は右近衛少将から備前守になった。三七歳の時だ。四〇歳で中納言、四七歳で大納言に昇進。五一歳で右大臣に上りつめた。まさに順調な出世だ。一方、紀貫之の後援者でもあり、「古今和歌集」や「勅撰和歌集」に歌が収められている。また「三条右大臣集」

という家集が残されてもいる。

定方の妻は藤原山陰の娘。二人の間には六人の子供があった。うち四人が男子、二人が女子。妹の方が「紫式部の祖母」である。そして雅正《まさただ》と結婚した。したがって、紫式部の祖母は三条右大臣の邸で生まれ育ったわけだから、家柄はかなりいい。

一方、姉は代明《よしあきら》親王に嫁いでいる。代明親王は醍醐天皇の第三皇子。だから「紫式部の祖母」は、姉が皇太子に嫁ぎ、それに比べて自分は雅正というあまり才もない男と結婚させられたことに、内心不満を抱いていたに違いない。

ちなみに代明親王の娘の荘子は村上天皇の女御となって、具平《ともひら》親王を生んでいる。具平親王といえば、一条朝のころ、詩歌管弦、書道、陰陽道にも通じており、知的好奇心旺盛な人で、藤原為頼・為時兄弟（紫式部の伯父と父）とも親しく交流していた。「拾遺和歌集」「勅撰和歌集」「和漢朗詠集」等に歌が収められている。一方で、身分の低い女性との過ちで子供をつくり、処置に困っていた。この窮状を知ったのが紫式部の伯父、為頼であった。

さて、「定方の娘」二人の姉妹の年齢は、ともに不詳である。けれども、代明親王に嫁いだ姉が最初に産んだ子（後に大納言となる源重光）は、九二三年の生まれ。もし二十歳で生んだとしたら、九〇三年生まれだ。夫の代明親王の生まれが九〇四年であることから、若干年下ではないかと鑑みると、やはり九〇六年頃が妥当であろうか。九〇六年で計算すると、長男を生んだ年齢は一七歳である。この頃の結婚は一五歳前後であったろうから、整合性はある。

さすれば妹、つまり「紫式部の祖母」の生まれはいつだろうか。「紫式部の祖母」の夫、雅正は九六一年に四七歳で死亡している。ということは生まれは九一四年である。妻は三つぐらい下とみて計算すると、「紫式部の祖母」は九一七年の生まれとなる。だとすれば姉よりもひとまわり年下である。姉や兄たちのなかで年の離れた末っ子であり、周りからちやほやされ、いたく可愛がられて育ったのではなかろうか。

「今昔物語」には、「紫式部の祖母」の伯母、つまり定方の妹の胤子《たねこ》の生誕の経緯が記されている。内大臣・藤原高藤が山科に鷹狩に出かけた際に雨宿りしていた家で、この家の娘を見初め、一夜の契りを結んだ。結果生まれたのが胤子であったというのだ。胤子はその後、第五九代・宇多天皇との間に四男一女をもうけたが、早世した。四男一女のなかには、後の醍醐天皇や歌人の伊勢と結婚する敦慶《あつよし》親王がいる。敦慶親王は光王宮と号し、美男子であったことから、光源氏のモデルの一人と言われる説もある。胤子の父、高藤は藤原冬嗣の孫でもある。

このように血縁関係が入り乱れて実に分かりにくいが、平安貴族社会の複雑なところと言えよう。いずれにせよ文才に優れた人物を多く輩出しているのは、さすが紫式部の血縁であろうか。

「紫式部の祖母」の男兄弟は、佳節、朝忠、朝成、朝頼の四人である。朝忠が九一〇年生まれ。三十六歌仙の一人で、小倉百人一首では中納言・朝忠と号す。

次に朝成が九一七年生まれ。ということは、「紫式部の祖母」の推定生年は多少調整が必要だろうか。可能性としてはつまり双子説もあり得るかもしれない。

この朝成は三条中納言と号して、「今昔物語」には、「賢明で知識に優れ、笛を吹くのが上手い。大食いで肥満体」とも記されている。仮に双子であるならば「紫式部の祖母」には、音楽の才もあったかもしれぬ。孫の紫式部に和琴を教えたのも頷けるというものだ。

この「紫式部の祖母」には、異母姉妹も多くいたが、深い付き合いはなかったかもしれない。本妻の子である「紫式部の祖母」と妾の子供たちとは、そもそも身分の違いもあって、かなりの隔たりがあったであろう。

ここまでを総合すると、「紫式部の祖母」は、大事に育てられただろうから、見方をかえれば、わがまま勝手な娘として育った。伯母は宇多天皇の后、プライドも高かった可能性は大きい。加えて、あまり才もない雅正と結婚させられたという父への不満、皇室に嫁いだ姉へのコンプレックス。さらに生まれてくる子供は次から次へと男ばかり三人。

これらの無念や不満が、紫式部にまとめて投影された——私が祖母を紫式部の〝絶対秘密〟の首謀者と見るのは、この理由が大きい。

「紫式部の祖母」が、様々な思惑を込めて情熱を注いだのが孫であっただろう。自分が生むことが出来なかった女子を嫁に期待したが、嫁は期待に応えることができなかった。なぜなら生まれた子供は男子だったからだ。

「紫式部の祖母」はこの男子を、何とか女の子として育てる決断をした。息子・為時と示しあわせて「絶対秘密のプロジェクト」を立ち上げ、実践するに至ったのではないか。息子にとっても女子を望んでいたから意見は一致したのだろう。

我が儘で気が強い「紫式部の祖母」の主導で、秘密のプロジェクトは進められたものと考えられる。「紫式部の祖母」とその息子為時の親子は、母親の発言力が強く息子は言いなり、という関係だったと推測される。なぜなら「紫式部の祖母」の三代先には藤原冬嗣がいたからである。

冬嗣といえば前述した通り、文武の才を兼ね備え、第五二代・嵯峨天皇が皇太子（賀美能親王）時代に仕えていたが、即位とともに四階級の昇進を果たした人物であり、天皇家と藤原氏の外戚関係を築き、摂政政治の礎を作った人でもある。また、藤原氏の子弟の教育機関である勧学院を建立した人物だ。そんな冬嗣の血をひく「紫式部の祖母」を、息子の為時は尊敬していたはずだ。それゆえに母である「紫式部の祖母」には従順であったと考えられる。

母と息子の策略

車窓の景色はローカル色が一段と強くなった。山々の景色は目にやさしい。まもなく近江塩津駅へ到着した。小さな駅であった。この駅から南へ三キロの位置に塩津神社があるという。紫式部が父の為時とともに立ち寄ったと思われる神社だ。

駅前からタクシーに乗り込み、神社に向かった。平安時代、このあたりは塩の生産を行っていたことから塩津という名がついたという。

車で約一〇分、塩津神社に到着した。鳥居・本殿となかなか立派な神社だった。実は紫式部が参拝したのはこの塩津神社ではなかった。神社から西に五〇〇メートルあたりにあった塩津神社だ。近年の発掘調査により平安時代の塩津神社の跡が見つかり、石灯籠や神像など五体が出土して明らかになったという。発掘は現在も続いているようだ。

「近江国農工商便覧」には、明治時代の塩津神社の挿絵が描かれている。それによると琵琵琶湖には多くの船が浮かんでおり、琵琶湖に突き出た、いわゆる突堤から神社に続くアプローチがあった。つまり参詣者は船でやって来た証拠といえる。とすれば平安時代、紫式部の一行も船を利用したかもしれない。月夜が湖上に映すシーンを見て紫式部は、一体何を思っていたのだろうか。都落ちする寂しさを感じていたのか、それとも自らの将来に心を馳せていたのか。

男心も女心も持ち合わせていたであろう紫式部の心は、きっと（いつか宮廷社会の男と女の物語を描いてみたい）と「源氏物語」の腹案のようなものを、すでに頭に描いていたかもしれない。

神社で旅の無事を祈願する一方、紫式部の父、為時は何を願っていたのか。恐らく娘のことであったと思われる。これは「紫式部の祖母」からの〝宿題〟であったと考えられる。「紫式部の祖母」はこの旅の一行に同行していない。「紫式部の祖母」の〝宿題〟とは、紫式部の結婚への下準備であろう。

すでに夫の候補は決まっていたものと思われる。言ってみれば偽装結婚をしてくれる人物という条件だ。まず為時と「紫式部の祖母」の二人の意のままになる人物が第一条件である。そして絶対秘密を守れるという人物だ。とすれば宣孝以外に考えられぬ。前に記したように宣孝は、具平親王の家司時代、為時の忠実なる部下であった。

それればかりではない。宣孝の父は、藤原定方の曾孫なのであった。

定方には六人の子供がいたと前に記した。「紫式部の祖母」と姉（代明親王の后）姉妹に、男四人の兄弟である。もう一度名前を記せば、佳節、朝忠、「紫式部の祖母」と双子の可能性のある朝成、そして四男の朝頼だ。佳節の生没は不明で記録がないのは、早世した可能性があるかもしれぬ。残り三人は、「紫式部の祖母」にとっては何でも話を聞いてくれる存在であったと考えられる。

子供時代、わがままで気の強い「紫式部の祖母」は、末っ子のくせに姉貴風を吹かせていたかもしれない。この〝子分〟の一人が朝頼であった。朝頼は四男であったから、実際「紫式部の祖母」より年下であっただろう。

この朝頼の子供が為輔で、「紫式部の祖母」の甥っ子にあたる。為輔は丹波守、山城守を歴任。永観三年（九八五）に播磨権守に任ぜられ、翌年に権中納言となっている。この為輔の息子が宣孝だったのである。

要するに「紫式部の祖母」の甥っ子の子供が、紫式部の夫候補であったわけである。したがって、為時にとっても、「紫式部の祖母」にとっても、宣孝は意のままになる人物という結論に至るのだ。

為時は結婚前の下準備としての求婚作戦を、宣孝に言いくるめていたと思われる。つまり紫式部宛てのプロポーズ作戦だ。これは母親の強い意向を受けている。何としても一人前に結婚をさせて、紫式部が「女である」ことを天下に知らしめ、世間から疑惑をもたれないようにするのが、「紫式部の祖母」の強い意志、というより使命であったのではなかろうか。

仕組まれた恋の行方

さて、ここでもう一度立ち止まって考えてみよう。

なぜ紫式部は宣孝と結婚をしたのか。

まず気になるのは、なぜゆえに二九歳という、当時としては年増に近い紫式部に、二十近くの年上の男がプロポーズしたのか。男が惹かれた理由は何だったのか。

紫式部は特段に美人でもなかった。かといって男を惹きつける艶のある女性でもなかった。どちらかと言えば影のある地味な人物であるとされている。

史料を見渡しても、果たして結婚への動機となる確たる理由は見いだせなかった。とすれば、やはり自分の意思というより、第三者からの強い力が働いて結婚したように思われる。つまり「紫式部の祖母」主導の偽装結婚が浮上せざるを得ないではないか。偽装結婚であれば、すべての疑問が氷解する。

こうしてプロポーズ作戦は順調に進んでいった、と思われる。前述したように、紫式部が父と一緒に在住した越前国・武生の邸には頻繁に宣孝からの歌が寄せられていた。このうちの返歌の一首を、「紫式部集」から見てみよう。

歌絵に、海人《あま》の塩焼くかたをかきて、樵《こ》り積みたる投木のもとに書きて、返しやる
よもの海に塩焼く海人の心からやくとはかかるなげきをやつむ
(訳：あちこちの海辺で藻塩を焼く海人《あま》がせっせと投木を積むように、方々の人に言い寄るあなたは、自分から好きこのんで嘆きを重ねられるのでしょうか)

恋の嘆きを訴えた歌に対する返歌であるが、歌絵を描き、こんなゆとりのある返歌をするほど二人の仲は接近しつつあったことがわかる。父の為時にとっては、二人の仲がスムーズに推移していることに安堵したに違いない。

だがその後、異変が起きる。神経質な紫式部の心に変化をもたらしたのは、宣孝の振舞いであった。紫式部から受け取った手紙の数々を第三者に見せたからである。

なぜ宣孝は、第三者に紫式部の手紙の中身を見せたのか。歌の上手い紫式部の手紙を人

に見せたかったのだろう。あるいは年下の女と恋をしていると自慢したかったかもしれない。ひょっとすると、これすら〝演出〟の一部であったかもしれぬ。

いずれにしろ宣孝の行動に紫式部は激怒。絶交を言い渡すようなことまで口にしたのだった。「紫式部集」第三十一節の以下の部分である。

文散らしけりと聞きて、「ありし文ども取り集めておこせずは、返り事書かじ」と、言葉にてのみいひやりたれば、みなおこすとて、いみじく怨じたりければ、正月十日ばかりのことなりけり。

（訳：わたしの出した手紙をよその女に見せたと聞いて、「今までに出した手紙を集めて返してくれなかったら、返事はもう書きません」と口だけで伝えると、「全部返そう」というので、たいそう怨み言を言ってきた。正月十日ほどのことであった）

今までの手紙を全部返せという旨を、使いに口上で伝えさせるだけにしたのは、手紙に書いてしまっては、手紙を全部返すように要求する趣旨に合わないと考えたからであろう。この事情を知った為時は、すぐさま二人の仲をとりもったに違いない。当時は越前に赴任中だったから、即座に宣孝に手紙による忠告を下したと思われる。

実はこのくだりは、二人の結婚前か新婚直後の出来事かで研究者の間でも意見が割れている。結果的に、為時を冷や冷やさせながらも、紫式部と宣孝は無事結婚する。

平安の世相

さて、紫式部が父、為時と共に越前国・武生に在住したのは一年半ほど。紫式部が二十代前半の頃であった。この滞在は、「為頼朝臣集」に「人の遠きところへ行く母にかわりて（云々）」という一節が残されていることからもわかるように、母の代わりに紫式部が父の世話をしていたことがわかる。

為時の妻、つまり紫式部の母はこの時にすでに亡くなっていたが、「紫式部の祖母」は京の都の邸（堤中納言邸）でまだ存命中であった。

ところで、為時と紫式部が都落ちしていた間、京都の町は不穏な空気に包まれていた。この頃の京の都は、強盗、放火、疫病（疱瘡＝天然痘）などが蔓延していたのだ。具体的な例でみると、為光の家が焼失、道隆の東三条南院が全焼、さらに大雨による賀茂川の氾濫や疫病などである。ちなみに為光とは法住寺を建立した太政大臣で、兼家とライバル関係にあった。娘が道長の妾であったことでも知られている。

道隆の東三条南院の全焼は、放火によるものと思われる。道隆は定子の父で道長の兄、二人の兄弟は娘をめぐって権力争いをしていたことから、道長側からの放火説が流れているが、真相はハッキリしていない。

このように京の都は災害や人災が跋扈《ばっこ》していたから、陰陽師や高僧は多忙となり、社会から一段と注目されたりもしたのであろう。

僧といえばこんな事件も起きていた。現在では考えられぬショッキングな出来事だ。「日本紀略」によると、長徳元年（九九五）九月一五日に六波羅蜜寺の覚信という僧が、菩提寺北のあたりで焼身自殺をした。長徳元年といえば道長が政権に就いた年である。

何がショッキングかと言えば、焼身は公開自殺だったからだ。しかも見物人の中には花山法皇がいたのである。法皇のほかに公卿も大勢いた。とはいえ単なる見世物ではなく、焼身自殺をする方も見物する方も念仏を唱えながらの、ある種の宗教行事であったらしい。

根井浄の論文「平安時代の焼身往生について」によると、焼身自殺は、「苦行を伴う自他の滅罪を願う法華教の実践行としての性格」が強いと言われている。また、「法華信仰と浄土信仰が融合して焼身が行われていた」という。

焼身の日は、必ず一五日であった。例えば覚信の場合は九月一五日、ほかに八月一五日、七月一五日、五月一五日、三月一五日に焼身が行われていた。そもそも月の一五日は、戒律を守り罪を告白し懺悔する、布薩《ふさつ》の日にあたるからである。布薩とは仏教行事で、月に二回、満月と新月の日に同一地域の僧が集まり罪を告白懺悔し、清浄な生活を送ることを確認しあう儀式で、説戒ともいう。

念仏運動からもたらされた往生意識の定着と考えられたのが、焼身である。阿弥陀仏の縁日は一五日。この日に焼身すれば必ず往生できるという信仰があったからだ、と考えられている。「左経記」によると、盂蘭盆《うらぼん》に焼身した尼僧は「薬王品尼」と呼ばれ、人々から尊崇の念で迎えられたという。たが、のちに尼僧の焼身は禁止された。

それにしても天皇が、いや生前退位したのだから天皇ではない、クーデターで失墜した花山法皇が、覚信という僧の焼身に立ちあっていたとは、驚きであった。焼身の最中、花山法皇はひたすら法華経を唱えていたというが、何を思っていたのだろうか。

焼身は公開といっても縁《ゆかり》の人たちが集められ、行われた。したがって厳密に言えば一般公開ではない。もっとも焼身の場所はだいたい決まっていたから、やじ馬は遠目に盗み見たかもしれぬ。ちなみに焼身場所は、京の場合では鳥辺野、阿弥陀峯、船岡野であった。鳥辺野は葬送の地で、現在、山腹には墓がびっしりと並んでいる。

ところで、平安時代の焼身は「見せ物的な要素もあった」と先述の根井は指摘する。平安時代という名前と平安王朝という風雅なイメージから、〝平和で安寧〟な時代を連想しがちだが、実態はそうではなく、魑魅魍魎《ちみもうりょう》とした闇の世界と背中合わせであったのだ。

こうした社会背景のもとで、紫式部の絶対秘密のプロジェクトが着々と進められていたわけだ。生涯〝女〟として生きねばならない。そのためのプロジェクトは完璧であらねばならぬ。

立案者の「紫式部の祖母」と息子・為時の母子は、手紙によるプロポーズ作戦をなんとかクリアさせて、紫式部と右衛門権佐（警察庁の高級官僚）の宣孝は、晴れて結婚の儀を迎えたのだった。

時に紫式部二九歳。宣孝四五歳だった。ただし、二人の年齢は正確かどうか記録上はっきりとしない。さまざまな史料から著者が選択した年齢である。

それにしても、警察官僚が偽装結婚に加担したとしたら、こんな皮肉なことはないではないか。

大弐三位は紫式部の本当の娘か

大弐三位《だいにのさんみ》は紫式部の一人娘として知られている。小倉百人一首の歌人としても有名である。

ありま山ゐなの笹原風ふけばいでそよ人を忘れやはする

（小倉百人一首：歌五八番。「後拾遺集」より）

（訳：有馬山近くにある猪名の笹原に風が吹くとそよそよ鳴る音がする。そうですよ。どうして私はあなたのことを忘れることがありましょうか）

大弐三位の本名は、藤原賢子《けんし》。あるいは藤三位《とうのさんみ》。または越後弁《えちごのべん》とも呼ばれている。幼児期に父（宣孝）と死別。その後、一八歳ごろに上東門院（彰子）の女房として出仕した。つまり母の紫式部に続いて二代に渡り彰子に仕えたわけである。

やがて道兼の次男・兼隆と結婚し、一女をもうけた。道兼は大弐三位の義理の父である。道兼といえば、花山天皇クーデター事件に一役買った男であることは前に述べた。道兼の父、兼家の意を受けて花山天皇をそそのかし、出家させた人物である。クーデターは成功し、父子は出世した。

その後、道兼は関白となったが、その数日後に病死。このため「七日間関白」と呼ばれた。この道兼の息子（兼隆）が大弐三位の夫であった。

「尊卑分脈」によると、大弐三位は実は兼隆とは再婚であった。最初の夫は公信という人物で、なんと二十二も歳が離れていた。公信はどんな人物かといえば、「紫式部日記」に中宮大夫として登場している斉信の異母兄弟である。日記の第四三節に、「公信の中将」として登場している。

大弐三位はやがて公信と離婚するや、今度は一四歳年上の兼隆と再婚した。そして万寿二年（一〇二五）、兼隆との間に娘をもうけている。大弐三位はこれで落ち着いたかといえば、そうではなかった。兼隆が亡くなると、三度目の結婚、つまり再再婚を果たしたのだった。今度は九つ上の高階成章《たかしなのなるあき》である。

高階は公卿で、最終的には太宰大弐の役職であった。「欲大弐」の綽名があるのは、人一倍強欲な人物であったのだろうか。ちなみにこの高階成章の母は、歌人で知られる在原《ありわらの》業平《なりひら》の娘なのである。

いずれにせよ大弐三位は、どの夫とも年の差婚である。おそらく大弐三位は、幼児のときに父（宣孝）を亡くしていたから、夫となるべき人物に父親像を求めていたのかもしれない。

母の紫式部と違って、次々と男を追い求める遍歴からして、「男なしでは生きていけない」女性であったのだろうか。おそらく男側からみれば、女の色香もあってコケティッシュな雰囲気を持つ、魅力的な女性だったのだろう。

大弐三位は、永保二年（一〇八二）まで生きて、当時としてはかなりの長寿であった。高階成章と再再婚した後、後冷泉天皇の乳母を務めたことから、即位と同時に従三位に昇進した。これにより名前を大弐三位と言われたようだ。

ところで、「源氏物語」と似ている作品といえば「狭衣物語」だ。素材、手法、文体、語彙の使い方がよく似ており、源氏物語を手本にして書いたものと、一目でわかる。したがってこの作者は、娘の大弐三位ではないかといわれた時期があった。娘だからして母の紫式部を手本にしたのだと、推測されたからであろう。

しかしその後の研究で、否定されている。今では禖子内親王家宣旨の説が有力であるが、断定には至っていない。

こうしてみていくと、大弐三位には、紫式部の面影や片鱗というものが見えない。要するに大弐三位に、紫式部のＤＮＡは感じられないのである。

やはり実子ではないのではないか。養女であるのか。養女であるとするならば一体、どこの誰から大弐三位を〝調達〟してきたのだろうか……。

第4章　平安の都

大弐三位をもたらしたのは誰か

翌日、私は近江塩津駅からJR湖西線の新快速姫路行に乗り込み、京の都をめざした。紫式部は女ではない。男と女を共有した特異の人物だと私は仮説を立てた。つまりカミングアウトをしていない「本物のオネエ」と思い込み、その手がかりを求め、紫式部ゆかりの土地を巡っているのであった。

けれどまだ決定的なエビデンスを見つけることが出来ず、イライラしていた。当然といえば当然である。なにしろ千年以上も前ゆえ、話を聞くべき証人はどこにもいないからだった。

新快速姫路行の電車は、びゅんびゅん飛ばしていた。比叡山坂本、大津京、そして山科を過ぎていく。車窓からの景色は、すっかりローカル色が消え、家々やマンションで埋め尽くされた風景が展開されていた。電車は京の都に近づきつつあった。

引き続き、紫式部の娘・賢子《けんし》、後の大弐三位《だいにのさんみ》を探っていきたい。

大弐三位は先に見たように、そのパーソナリティにおいて紫式部とかなり異なっていたとされるが、文人としての才能はやはり豊かだったようで、多くの歌を今の世に伝えている。そのうちの一つの歌を記す。

高陽院の梅の花を折りてつかはして侍りければ
いとどしく春の心の空なるにまた花の香を身にぞしめつる
(訳：ただでさえ春は心がうわの空になりますのに、そのうえ、また贈ってくださった梅の花の香を身にしみつけて、いっそう浮き浮きした気分になりました)

高陽院とは藤原頼通の邸のこと。頼通は道長の長男で、正室は具平親王の長女・隆姫女王である。頼通は藤原家の栄華の象徴である宇治の平等院鳳凰堂を造営した人物として知られている。

道長と紫式部はなにかと縁が深い。「紫式部日記」に記されている、寝室の前で道長が何度も戸をたたく場面は、読むほうもドキドキするし、彼らの子供同士、つまり頼通と大弐三位との関係は、親を超えて男女の関係にもなっているなど、改めて不思議な縁を感じるのだった。

親の紫式部と違って恋多き女であった大弐三位は、母親の倍近くも生き、生命力に長けていた。何か「紫式部の祖母」と同じ強さを感じる。延久五年（一〇七三）には「栄花物語」によって生存が確認（七四、五歳）されており、八三歳まで生きたと推定されている。当時としては稀にみる長寿だ。

この賢子という名前は、「紫式部の祖母」の申し送りだった気がする。絶対秘密のプロジェクトの立案者としては、子供の名付け親まで担っていた、と考えられるからだ。あるいは自分に女の子が生まれたならば、あらかじめ用意した名前だったかもしれない。が、実際女の子は生まれなかった。

紫式部を本物のオネエとする私の立場からすれば、大弐三位は養女であったことになる。とすれば、大弐三位は一体誰から譲り受けたのだろうか。大弐三位をもたらした人物、Xとは誰か――考えられるのは三つの筋である。

一つ目の筋は、宣孝である。養女とはいえ自分の子供になるのだから重要なミッションといえる。二つ目は、「紫式部の祖母」の筋からであろう。そして三つ目は、それ以外の筋だ。

「尊卑分脈」との格闘

一つひとつ検証してみることにする。

検証する前にもう一度確認しておく。大弐三位は九九九年生まれである。この年から親、つまりXの年齢を類推すると、母親は二二歳前後で出産したかもしれない。母親を仮にX1号と記す。X1号の生まれは九七七年前後であろう。男親をX2号とすれば三歳上ぐらいだろうから九七四年前後の生まれということになる。

これらを前提に、X1号、2号を探してみることにしよう。手がかりになるのは、「尊卑分脈」という史料である。

「尊卑分脈」とは日本の初期の系図集である。正式名称は「新編纂図本朝尊卑分脈系譜雑類集」。南北朝時代から室町時代初期にかけて完成したもので、平安時代に宮廷社会の中心にいた藤原家、源家の家系には特に詳しい。編者は洞院公定である。

系図に名前がみえる男性官人には、実名とともに生母や官歴や没年月日と享年を含む略伝が記されてある。それに対し女性は、皇后など一部の人を除き、ほとんど「女子」と省略されている。

この系図は第一級の史料として貴重であるが、年代的に整合性に欠ける部分も含まれてはいるから、他の史料とも合わせる必要もある。私は「尊卑分脈」を調べながら、大弐三位の謎に迫っていった。

まず紫式部の夫である宣孝の筋から見てみよう。

宣孝には三人の妻がいたと前に述べた。が、実は記録上は五人の妻がいたのである。「尊卑分脈」によると、宣孝の妻は、藤原顕猷《けんゆう》の娘と平季明《すえあき》の娘。藤原朝成《あさひら》の娘。そして名称不明の妻である。これに紫式部を加えると五人の妻がいたことになる。

それぞれの妻には子供がいた。列挙すれば、頼宣、隆佐、明懐、儀明、隆光、女子（のちに藤原道雅の妻となった）であった。大弐三位を除けば、女の子は一人だけだった。

目安として生まれた年から調べていく。なかなか九七四年から九七七年前後の生まれの人物は見つからなかった。宣孝の筋ではないのか、と思ったその時、近い人物がいた。九七三年生まれ、隆光という人物であった。

隆光は、寛弘二年（一〇〇五）には蔵人式部丞であった。紫式部の兄がやはり蔵人式部丞であったことから、何らかの縁があるかもしれない。年代的に見てもそれほど離れてはいない。

ちなみに蔵人式部丞もしくは式部丞蔵人とは、文官の人事考課、礼式、および行賞をつかさどり、役人の養成機関である大学寮を統括する、中務省に次いで重要な省であった。トップは式部卿。蔵人は天皇の御物を納めた蔵人所を管理する職で、昇殿を許されていた。

隆光の記録には二人の妻がいて、子供は合わせて六人。すべて男であった。

次に宣孝の兄弟姉妹の線を検証してみる。

宣孝は四人兄弟だった。うち一人が女子（淑子＝懐平）と結婚して二人の子供をもうけた。

宣孝の上に兄が二人いた。長男の惟孝《これたか》と二男の説孝《ときたか》である。説孝は記録がないため早死にしたのだろうか。兄の惟孝には三人の妻がいて、合わせて六人の子供は、すべて男子ばかりだった。

六人の子供たちとは惟憲、惟光、泰通、致養、相序、鎮禅である。彼らをさらに追跡してみたのだが、九七四年から九七七年生まれに近い人物はいなかった。つまり養女を調達したXの存在は浮かんでこなかったのだ。

とすれば、宣孝の筋からXの存在の可能性はきわめて低いだろう。要するに養女（大弐三位）の件では宣孝は〝シロ〟といってもいい。

次に「紫式部の祖母」の筋を洗い出してみよう。

まず兄弟姉妹の関係である。前にも記したがもう一度繰り返すと、兄は佳節、朝忠、朝頼、理兼で姉は代明親王の妻である。

このほかに側室の姉妹がズラっといる。列挙すれば、能子（醍醐天皇の女御）、平随時《たいらのよりとき》の妻、尹文《ただふみ》の妻、欣子（更衣）、師尹《もろただ》の妻、橘典輔の妻、源為善の妻らである。

それぞれの子供たちをチェックする。たとえば師尹の娘は芳子といい、村上天皇の側室だ。「お迎えに来た牛車に乗り込もうとしたが、髪が長すぎて母屋の柱まで引きずっていた」（「大鏡」より）と第一章で述べたのが、この芳子である。ちなみに芳子の母は、「藤原定方の娘」。つまり「紫式部の祖母」は、叔母さんにあたるわけだ。

芳子の兄弟姉妹あるいは子供の関係を洗い出してみた。数名の人たちが浮上したのだが、九七四〜九七七年前後の生まれの人物は見当たらなかった。他に欣子（更衣）や橘典輔の妻の線も追跡したのだが、Xと符合すべき人物はいなかった。

しかし必ずどこかにXは潜んでいるに違いない。分厚い「尊卑分脈」を隈なく探す。けれども系図の名前が小さく、しかもびっしりと埋め尽くされているだけに探すのに一苦労であった。国会図書館で借用した拡大メガネを駆使し、休憩を挟みながら、探す作業に没頭した。

もう一度、「紫式部の祖母」の兄弟、姉妹をチェックする。姉妹は異母を含めて記録上では一四人の女子がいた。一二人がしかるべき人に嫁いでいた。嫁ぎ先の分からない女子は七女の姪子という女性だった。姪子の子孫を追跡したのだがよくわからなかった。さらに一四女も嫁ぎ先はわからなかった。むろん名前もない。何かひっそりと記されているように感じた。

何かが怪しい……この十四女の子孫は、X1号かX2号と重なるかもしれない。年代的にみても齟齬はない。私の脳裡は興奮のためかカッカと燃えた。

が、しかし冷静になってみると、この十四女は若死にしたかもしれない。若死にしたから嫁ぎ先もないのだろう。Xと繋がる可能性よりも、度重なる縁戚同士の結婚の負の犠牲となった可能性の方が大かもしれない。やはり十四女はX1号、2号と通じているというのは、無理がある。他に何がしかの手がかりがあるならばまだしも、何も見当たらないのだ。

私は、もう少しX1号、X2号の生まれた年の枠を広げてみることにした。九七四～九七七年前後の生まれを、九八〇年前後に考え直すことにしてみた。

けれどもXに辿り着く人物を見つけることができなかった。このほかの子供たちの追跡を試みたが似たり寄ったりで、大弐三位と結びつくような筋は見つからなかったのである。

紫式部の夫、宣孝の筋でもXの存在はなく、「紫式部の祖母」の筋でもないとすれば、ほかの筋なのか……。

千年の壁の前で

親子はどこか似ているもの。たとえ顔が似ていなくても、歩き方であったり、声であったり、あるいは食べ物の好みから、異性の好みまでも似る場合がある。

紫式部と大弐三位の場合も、実の母子であるならばどこか似ているはずだ。しかし紫式部と大弐三位とが似ているかどうかは、記録の上では残っていない。

ならばどうするか——残された歌の数々から母子かどうかを類推するしかない。つまり歌の〝感性〟の部分から、母子の相似性を見つけ出そうと試みたのだった。単語の使い方、物の見方、テーマの設定などを含めて、何か同質の感性があるのか、ないのかを、皮膚感覚で探ろうとしたのである。

しかしこの曖昧模糊とした方法では、「源氏物語」とよく似た「狭衣物語」の作者が、ひところ大弐三位であろうと推定した方法と何ら変わらない。今では別人説が有力である。

要するに、感性といういかにも抽象的且つ曖昧な、まるで雲をつかむような方法で母子かどうかを認定することは危険であるし、もちろんできない。けれど何かを掴めるかもしれない。

なお、為時の作品が記されている史料（「本朝麗藻」「類句題抄」「和漢兼作集」等）からも何かのヒントが見つかるのでは、と詳しく検証したのだった。

すると気になる詩が見つかった。「和漢兼作集」のなかの詩だ。詩の原文と読み下し文、要訳を記す。

志隋日動何為足
興遇時牽豈厭心
班扇長襟秋不尽
楚台餘味老弥深

（読み下し文）
志は日に随《したが》ひて動き　何ぞ足れりと為さん
興《くるよう》は時に遇ひて牽《ひ》かるるも　豈《あ》に心に厭《あ》かんや
班扇《はんせん》の長き襟《ものおもい》は　秋にも尽きず
楚台《そだい》の餘《あま》れる味ひは　老いて弥《いよいよ》深し

（要訳）

我が心は日々ゆさぶられ、これでもう十分だということもない。丸い月の如き扇を詠じた詩に見られるように月をみると長き物思いは尽きもせず。風に吹かれつつ老いていよいよ深い味わいがあると思われるようになった。

「長襟」とは長い物思いのことで、これは「和漢朗詠集」の中にある小野篁《おののたかむら》の「餞別詩」から採用している。紫式部の父、為時の詩や歌は「白氏文集」（白居易の詩文集）の影響を受けているけれど、同時に小野篁の影響も受けていることもわかる。

私は為時のことを、絶対秘密の実行者として始めから疑ってかかっているので、この抽象的な漢詩の内容は、秘密プロジェクトの行方を思う気持ちを詠じたもののように思えてくる。しかしまぁ、それは牽強付会というものだろう。

いずれにせよ為時の作品から直接的な子供（紫式部、大弐三位など）に関する記述は見当たらず、結果、〝シッポ〟らしきものを完璧に掴むことはできなかった。

千年続いた絶対秘密を崩すのは並大抵のことではない。現代のようにＤＮＡ鑑定という科学的な方法があるわけではないのだ。紫式部と大弐三位のＤＮＡ鑑定をすれば、一挙に解決してしまうのだが、そうもいかない。紫式部や大弐三位のミイラでも見つかればいいが、そんなものは見つかりっこないだろう。だいいち、あの頃の宮廷貴族のミイラなど聞いたこともない。

というより、貴人の墓の発掘調査は基本的に、宮内庁より許可されていない。したがって貴人のミイラの発見は、偶然の場合だけだ。それが、一九三四年に京都大学地震観測施設の建設中に発見されたミイラだった。大阪朝日新聞によると、ミイラは藤原鎌足といわれ、大きな話題を呼んだ。しかし貴人ゆえ宮内庁よりストップがかかり、まもなく埋め戻された。鎌足といえば「藤原氏」の祖というべき人物である。ちなみに道長は鎌足から数えて十二代目にあたる。

今後、貴人の墓の発掘調査が許される時代がやってくれば、古代史の謎に光があたり、新しい発見はあるだろう。そうすれば紫式部の遺骨の発見も夢物語とはいえぬかもしれぬ。もっとも、紫式部の墓は京都にあるものの、土の下には人骨などないであろう。なぜなら後世の人が、紫式部を偲んで墓石を建てたものであろうからだ。

歴史書さえどこまで信用していいものやら、そんな時代背景で大弐三位の親探しを試みてきたのだが、なかなか思うようにはいかず、ついに「大弐三位」は紫式部が、本当に腹を痛めた子なのか……、正直そんな気持ちにも襲われた。

紫式部の秘密を解き明かす七日間の旅に出たのだが、しばし頓挫してしまった。スーツケースいっぱいに史料を持参したけれど、そのうちの一冊、「紫式部日記」をとり出して、ホテルの一室でぺらぺらとページをめくっていた時だった。一つの単語に目を奪われた。それは、「なぞの子」という言葉であった。なぞの子とは、大弐三位のことではないか——この記述は以下に記す。

なぞの子もちかつめたきにかかるわざはせさせ給ふ
（訳：いったい何ちゅう子持ち女が寒いのに、こんな仕事をしなさるか）

「なぞの」とは「いったいどうした」という連体詞である。「宇津保物語」のなかに「汝はなぞの人ぞ」という言葉があり、これを参考にして紫式部は書いたものと思われる。ともあれ、「なぞの子」という言葉に触発されて、何としても大弐三位の実の親を探し出したい、「なぞの子」を見つけたいという気持ちが昂り、私は再び動き始めたのだった。

電車はまもなく京都駅に滑り込もうとしていた。

火災の時代

千年以上も続いた、かつての都・京都。唐の長安を模して延暦一三年（七九四）に、第五〇代・桓武天皇が築いたのが平安京である。南北に五二四一メートル、東西に四五〇九メートルの広大な都市であった。

平安京の前の都が奈良の平城京であったことは、ほとんどの日本人なら知っていること。しかし、なぜ平城京から平安京に移ったのか、その経緯を知る人はそう多くはないだろう。そこには魑魅魍魎とした魔物の世界が跋扈していたのである。

平城京から平安京に遷都する前に、長岡京という都が短期間だけ存在していた。現在の京都府向日市と長岡京市にまたがる場所である。ところが長岡京の建設責任者の藤原種継が、何物かによって暗殺されてしまった。その首謀者の一人は、なんと桓武天皇の弟、早良《さわら》親王。早良親王は無罪を訴えたものの淡路島に流罪となり、まもなく亡くなった。「桓武天皇が自分の子供に皇位を継がせるために、弟に濡れ衣を着せた」という説がもっぱらであった。

藤原種継亡き後も長岡京の建設は続行されたものの、京では疫病が流行ったり、日照り、洪水など自然災害にも見舞われた。陰陽師によると「早良親王の崇り」と結論づけられた。

　そもそも陰陽師は、第四〇代・天武天皇によって作られた律令官職のなかの役職名であった。当初は中務省の管轄下に陰陽寮という官司が設けられ、六人の陰陽師が置かれたという。陰陽師の占いは、国家に関わる事柄に限られていたが、平安中期になって「卜占《ぼくせん》を職能とする人」に変わった。なぜなら早良親王の怨霊がキッカケとなって、「お祓い」あるいは「祭り」に関わるようになったからである。それだけ物の怪《け》や怨霊が跋扈する時代であったのだろう。

　そんな経緯があり、陰陽師のご託宣により都を長岡京から移され造営されたのが平安京である。北に船岡山があり、東に賀茂川、西に木嶋大路、南に巨椋《おぐら》池の地形で、風水的には都を置く場所としては絶好の土地であったらしい。

　陰陽道では、魔物が来る方位は北東の方角である。この北東の地に比叡山がそびえており、かの最澄が延暦寺を開くことで魔物を封じ込めたのだった。さらに都の周囲に多数の神社仏閣を配置した。これにより都は魔物から守られた、と言われている。

　紫式部の生きた世は魔物が跋扈し、陰陽師が大活躍し、加持祈祷が盛んに行われていたのである。魔物とは祟りや怨霊、疫病、強盗、放火、洪水、日照り等の自然災害でもあった。「紫式部日記」では大みそかに〝追いはぎ〟に遭って、二人の女房が素っ裸にされてぶるぶる震えている様を描いている。まさに身ぐるみ剥がされたわけだ。追いはぎとは今でいう強盗。

また、放火も少なくなかった。

道長の「御堂関白記」によると、長和五年（一〇一六）九月二四日、上皇の御所・枇杷殿が焼亡したことに関連して、「連々かくの如き放火あり」と記し、道長が一〇月九日、天台座主以下僧七人をして聖天供を修せしめたのは、「これは大内放火の事によって也」であったという。大内とは内裏のこと。内裏や摂関家邸宅の出火焼亡は、政治的な思惑による放火であったと言われている。

しかし宮廷火災で目を引くのは、なんといっても天徳四年（九六〇）の火災であろう。平安遷都以来の一大事のひとつといっていい。

天徳四年九月二三日夜半のことであった。清涼殿に寝ていた村上天皇のもとに、兼家から連絡が入った。左兵衛陣から亥四点（午前〇時前）に出火したというのだ。火勢はますます激しくなり、天皇は西の後涼殿、陰明門を経て中院（中和院）に逃げ、神嘉殿に避難した。ようやく丑四点（午前二時）に鎮火したが、内裏のほとんどの殿舎、門、廊下等が全焼してしまった。出火元が左兵衛陣というのも皮肉なことだった。なぜなら左兵衛陣は宮廷の警備や巡検を行うところであったからだ。

それにしても宮廷の炎上、しかもほぼ全焼というのだから、その燃え方は想像を絶する凄まじいものであっただろう。なにしろ上質で太い木材ばかりを使っていたであろうから、漆黒の闇に猛然と炎が立ち上り、はしなくも美の一大ページェントであったに違いあるまい。京の野次馬は、どんな気持ちでこの火災を見ていたのだろうか。まだ花火のない時代である。夜空に打ちあがる花火に拍手喝さい、興奮するのが人の常ならば、宮廷炎上の光景は、一生に一度あるかないかの興奮の極みであったに違いないだろう。

いや、一生に一度ではない。平安時代の一世紀の間に起きた宮廷火災は、実に一八回にのぼっている。ほぼ六年に一度の割合である。特に天徳から天元の約二〇年間に四回。長保、寛弘、長元の二〇年足らずの間に六回、内裏が炎上しているのだ。

この時期は紫式部が道長の娘、中宮・彰子に仕えていた時期でもある。紫式部が亡くなったとされる長和三年（一〇一四）二月にも内裏が焼失している。このため三条天皇は枇杷殿に移った。翌年九月に新しく作られた内裏に移動した三条天皇、再び火事に見舞われてしまった。よほど〝火〟に縁があったのか。

この火災の背後には、天皇退位を目論む藤原家の謀略があったとも言われているが、真相は分からない。消火施設もなく、また夜の儀式に多くの松明も使われていたことから、失火事故もあったかもしれない。しかし大半は、権力争いに伴う放火説が有力であったであろう。

話を天徳四年の宮廷炎上に戻す。この火災の放火犯人は誰か。最初に火を見つけた人物が怪しい、というわけで兼家が疑われた。兼家は道長の父、陰謀・策略に長けたなかなかの策士であった。人を貶めたり足を引っ張ったり、邪魔者は葬る姿勢は、そのまま道長に受け継がれたと思われる。

なにしろこの兼家、何かと怪しい行動をとっていた。左大臣・源高明《たかあきら》も兼家に失脚させられたクチだった。「安和の変」で、兼家ら兄弟が関わっていたと言われている。兄弟とは伊尹《これただ》と兼通、それに兼家である。

兼家は、父の師輔が内裏炎上の四か月前に亡くなり、かなりショックを受けて精神的に不安定な時期だった、といわれる。だからといって兼家を放火の犯人としているのか、真犯人が兼家に濡れ衣を着せる魂胆でもあったのかもしれぬ。ちなみに兼家の邸は東三条殿であったが、当夜は内裏に「侯宿」、つまり当直していた。もっとも放火を裏付ける証拠は見つからず、したがって犯人も不明のままだった。

それから二四年後の永観二年（九八四）に、今度は兼家の住む邸、東三条院が焼失された。これも放火によるものらしい。「火には火を」というわけでもあるまいが、つまり仇討ちにあったかどうかさえ定かではない。放火説が有力なのだが、下手人は特定できなかった。

内裏炎上は長保元年（九九九）にも起きている。長保元年は紫式部の娘といわれる大弐三位が生まれた年だ。

繰り返すけれど、当時の邸は燃えやすい木材であり、しかも消火設備は乏しかった。例えば、水に浸した大きな布切れを使って、立ち上る炎に向かってパンパンと叩きつけるというもの。出火の初期段階なら効果はあっただろうが、火勢が激しくなればなす術はなかったであろう。

当時は、放火犯人側にとってはいい条件がそろっていたのである。裏切り、仇討ち、怨念の貴族社会。放火の横行も頷けるというもの。まさに火災が蔓延した平安時代であった。

そんな物騒な社会にあって、木造建造物が火災に遭わずに百年間も続くとは、運がいいというか、奇跡に近いことではあるまいか。その建物こそ、紫式部が生まれ育った堤中納言邸だ。ということは、紫式部の曽祖父・兼輔をはじめ、代々、他人に怨みを買う人がいなかったという証左かもしれない。

紫式部の住居跡地

京都駅からタクシーに乗り込んだ。目指すは紫式部が生まれ育った邸跡である。

一九六五年、紫式部の研究家として知られた角田文衛は、紫式部が生活していた邸、つまり堤中納言邸跡の場所を特定してみせた。角田の見立てはこうだ。

「河海抄」巻1に「旧跡は正親町以南、京極の西、今の東北院の向かひ也。此の院は、上東門院御所の跡也」とある。角田博士はこの記述を精密に考証した。京極大路と正親町小路とが交差する辻を隔てた筋向い、つまり東北方にあたるところ、現在の京都市上京区北之辺町の廬山寺を中心に、清浄華院南部と立命館大学敷地北部とに跨がる地域が、紫式部の邸宅址であろうと結論づけたのだった（『紫式部とその時代』より）。

京都駅から北に六キロほど、東に賀茂川が南北に流れている。紫式部の曽祖父の藤原兼輔が堤中納言といわれた由縁は、邸宅が賀茂川の堤近くにあったからである。

角田博士の指定する「場所」から現在の賀茂川は、東へ約五〇〇メートル離れている。少し離れすぎているようにも思える。もっとも度重なる氾濫によって川の流れが変わったり、地形が変形したのかもしれない。なにしろ千年も前のことだから、半キロ離れたとしても不思議ではあるまい。

堤中納言邸の跡地の現在の住所は京都市上京区寺町広小路あたりで、周辺に京都府庁や市庁があり、京都の中心を成している。

現在は廬山寺という寺が建っているが、入り口には「紫式部邸宅址」の看板がある。さっそく境内に足を踏み入れると、ずっしりとした大きな石の紫式部顕彰碑が目に飛び込んでくる。「考古学者の角田文衛博士によって昭和四十年に考証され、新村出博士によって『紫式部邸宅址』と揮毫された」という説明が付いていた。建物内には紫式部に関する文書ややまと絵の屏風などと共に、堤中納言邸跡と特定した角田博士の若き日のモノクロ写真が掲げられていた。

境内をぶらぶらした。おそらくここに建っていたであろう堤中納言・兼輔の大邸宅は、火災にも遭わず百年以上続いた邸であった。それだけに建物は古く、黒ずんで重厚な落ち着きをみせて貫禄のある邸であった、と思われる。紫式部の父、為時の頃は、紀貫之をはじめ多くの歌人や文人が集って、歌や作文《さくふみ》を競い、さながら文学サロンの賑わいであっただろう。

ただ、紫式部が「源氏物語」を執筆していた頃は、人の出入りもぐっと減り、口さがない人からみれば、お化け屋敷のようであったという。紫式部はそんな邸のうす暗い一室で、

「紫式部邸宅址」のある廬山寺

真逆のような華麗にして壮大な男と女の物語を紡いでいたに違いない。

そして、ある時は娘の気持ちになり、ある時は絶世の美少年、つまり光源氏の気持ちになり、またある時は、嫉妬深い六条御息所の気持ちになったりと、男女の心理を書きわけていたのも、やはり両性の気持ちを熟知していたからであろうか。

おそらく紫式部は、執筆している時こそ生きている充実感を味わっていたに違いない。そんなことを思いながら、私は紫式部が住んでいたであろう場所である境内をぶらぶらしていたのだった。

するとどうであろうか。どこからともなく琴の音が聴こえてくるようであった。執筆に疲れると紫式部は厨子のそばに立てかけてある箏を持ち出して、「紫式部の祖母」から教えを受けた琴を弾いていた、かもしれない。

まるでおばけ屋敷のような大きな邸宅から琴の音が響き渡ってくる――そんな錯覚を覚えるのだった。

呪詛の時代

平安時代は放火、疫病、自然災害のほかに呪詛もさかんであった。つまり人を呪い殺すのである。

たとえば、人の形をした形代《かたしろ》は、病などの穢れを肩代わりさせるために用いられたが、一方で、怨敵を葬るための道具としても使われた。呪術によって人形に怨敵の魂を入れ込んで、釘を打ったり辻に埋めたりすることで、怨敵を呪い殺したのであった。

呪詛で有名な事件といえば、寛弘六年（一〇〇九）二月に起きた敦成《あつひら》親王（のちの後一条天皇）の呪詛事件である。

事件が発生したのは、紫式部が源氏物語をほぼ書き終えた頃であった。敦成親王は「紫式部日記」の、いわば中心を成す赤子だ。将来は天皇の有力な候補であった。それだけに天皇の世継ぎをめぐってさまざまな思惑や駆け引き、さらに陰謀がうごめいていた。敦成親王が呪詛の対象とされたのは、生後まだ半年足らずだった。

事件が発覚したキッカケは、何者かによるタレコミであったと思われる。いきなり、伊予守の妻ら数名がしょっ引かれて訊問を受けた。結果、呪詛の「根源は藤原朝臣（伊周）にあり」となった。このため正二位に叙せられたばかりの伊周《これちか》は、朝廷への参入を禁止されてしまった。

身に覚えのない伊周はショックのあまり落ち込み、翌年一月歿してしまった。まだ三七歳であったため、謎の死ではある。ひょっとすると毒殺でもされたのだろうか。

ちなみに伊周は、花山法皇の襲撃事件でも関与を疑われて大宰府に飛ばされたことがあった人物である。

この呪詛事件は、道長の仕組んだ策略であったらしい。なぜなら外孫の敦成親王を天皇にさせるためには、伊周をのけ者にしなくてはならなかったからだ。なお伊周は敦成親王の伯父にあたる。

敦成親王は後に天皇に即位し、道長の策略は功を奏した。このように皇位をめぐる争いは、呪詛を謀略の術に使うほど陰湿なものであった。ちなみに道長の「御堂関白記」では、この呪詛事件にまったく触れられていない。触れられていないということは、道長自身が起こした事件だから、と言えなくもない。

伊周の死を受けて、道長の権力はますます増大された。そもそも邪魔者は次々と潰していくのが道長のやり方であった。

伊周の父、道隆は道長の兄である。道隆が摂関の地位となるや、娘の定子を一条天皇の中宮にさせ、息子の伊周は一八歳の若さで参議となり、並み居る先輩たちを押しのけて出世した。道長が権大納言となるや、伊周は権中納言となり道長の背中を追った。

だが、父の道隆が疫病により四三歳で亡くなると勢いは失われ、伊周は何かと道長から陰湿なイジメを受けることになった。そして花山法皇襲撃事件から呪詛事件と続くのだった。
道隆一族が落ち目となる一方で、道長は三人の娘を皇后にさせた。彰子が一条天皇、妍《けん》子《し》が三条天皇、そして威《たけ》子《し》が後一条天皇の中宮となったのである。道長の天下は盤石になったのだ。まさに道長の栄華は絶頂期を迎えたのである。

けれども道長は腰病を抱えていた。なにしろ子だくさんの道長である。列挙すると、頼通、教通、彰子、妍子、威子、嬉子、以上が倫子との間にできた子だ。さらに明子との間にできた子供は、頼宗、顕信、能信、長家、寛子、尊子であり、さらに重光女との間に長信がいる。わかっているだけで一三人である。記録に残らない子供たちも多くいたに違いない。

これだけ精力的に男を主張すれば、腰も痛くなるというものだろう。やがて出家した道長は、自分が建てた阿弥陀堂内に籠って亡くなった。享年六二。

このように呪詛を利用して権力を駆け上がることもあった時代だが、「源氏物語」の六条御息所も、嫉妬に狂って呪詛する場面は有名である。もっとも紫式部は、非科学的なことをあまり信用していなかったようだ。「紫式部日記」には、「縁起かつぎが長生きをしたためしがない」といった記述がみられる。長寿を祈願してもそうは問屋が卸さない、といったところか。

おまじないや縁起、あるいは占いに対しては、どちらかといえば男よりも女の方が好奇心は強い。現在でも街頭占いでは圧倒的に女性客が多い。雑誌の占いのページをむさぼるように読むのは、やはり女性である。この伝にならっていえば、紫式部は女よりも男に近いといえようか。

兄の存在

賀茂川沿いを歩きながら、あらためて紫式部のことを考えていた。

紫式部には姉が一人いた。二十代半ばで亡くなっているという。疫病に罹患したとも言われているが、確たる記録は残されていない。「尊卑分脈」には、姉の存在すら記されていないのだ。影の薄い存在として、私は「幽霊キャラクター」と名づけたのは前に記した通りである。

そのほかに兄も一人いた（弟という説もある）。名前を惟規《これのり》といい、「紫式部日記」のなかにエピソードが三つ残されている。

一つ目は紫式部が道長の邸に出仕していた大晦日の日のこと。二人の女房が追いはぎに襲われ、丸裸にされてブルブル震えているのを知った紫式部が、兄の惟規に助けを求めて呼びに行く場面である。

そして二つ目のエピソードは、加茂神社にいた斎院に仕えていた「中将の君」が惟規宛ての手紙の内容に触れ、こっぴどく批判している場面である。

「ひどく思わせぶりな書き方で、世の中で自分が一人だけわけ知りで、思慮分別の深さでは自分ほどの者はいない。世間のすべての人々は心も考えもないといった思い上がり（略）この手紙を見た後になんともいえず不愉快だった」と、紫式部は辛辣な言葉でこきおろしているのである。

紫式部という人物は、いささか自分勝手なところがあるようだ。宣孝が結婚前に紫式部に宛てた手紙を、他人に見せたといって激怒し絶交を申し出るくせに、自分は、兄宛の手紙を盗み読みして（兄が見せてくれたと日記では弁明しているが）、手紙の主である中将の君に対して、悪びれる様子も見せず悪態もどきの体でこき下ろしているからだ。

さらに「紫式部日記」には、「寝坊してしまった」がために、「そんなの聞いてないよ～」とか「だから知らないよ～」といったくだりが記されている。朝寝坊という己の過失は認めようとしない癖が見られるではないか。

さて、三つ目のエピソードは最も重要である。なぜならこのエピソードこそ、紫式部を〝女〟と思い込ませるものだからだ。しかも、いかにも自然の流れの中でさりげなく記しているから、読む方は何の疑いもなくすんなりと無意識に脳裏に刷り込まれてしまう。エピソードは以下の如し。

紫式部の父、為時が「史記」を息子（惟規）に教える際、なかなか覚えられず、そばで聞いていた紫式部が覚えてしまった。そこで為時が「この子（紫式部のこと）が男だったらなあ」と嘆く――まさに紫式部を女である、と強調している。つまり世間に向けて〝女〟をアピールするエピソードだ。

実際、兄より覚えがいいのは確かであろうが、「男だったらなあ」と言わしめているところがポイントではないか。こういった記述を通じて、後世の人たちはまんまと騙され続けたのではないか、と私はみている。

千年の秘密をこじ開ける

賀茂川の遊歩道では、ジョギングする人やウオーキングする年配者の姿もみられた。川の流れはゆったりとしていて、時々鳥たちが上空を舞っていた。いかにものんびりとしたこの川の歴史は古く、たび重なる大雨による川の氾濫に荒々しい姿を見せるかと思えば、応仁の乱では、幾十といった死体が流れて、見るも無残な地獄図の光景を現出させた過去

賀茂川

もあった。

ここでもう一度あらためて、「紫式部は女ではない。本物のオネエである」という仮説を立てた経過を振り返ってみよう。

とっかかりは「源氏物語」であった。あまりにも男と女の心理を熟知していると感心しているうちに、ひょっとするとこの著者は両性の心理の持ち主ではないか、と疑った。紫式部は女ではなく、本物のオネエではないかと疑惑を持ったのである。さらにあの大作を執筆するには、女の体力では到底困難ではあるまいか。作品のスケールからも男のエネルギーを感じたのだった。

そして源氏物語絵巻も、私の疑いをま

すます深めた。画一化された美の規範とミステリアスな平安女のいで立ちは、本来の性別を隠し通すのに最適な環境だと思えてきた。

であれば、日常をつづった作品「紫式部日記」から、本物のオネエの部分が見つかるかもしれない――そういった視点で検証してみると、あちこちに本物のオネエの特色がみられたのだ。

まず見つけたオネエの兆候は、女性へのファッション・チェックである。「日記」ではかなりのスペースを割いて、紫式部は女房たちへの衣装を辛口で批評している。加えて女に対して辛辣な言葉を投げかけている。これはオネエの特色なのではないかと踏んだのだ。

そして、記録上は娘（大弐三位）を出産した経験があるにもかかわらず、「日記」からは経験者ならではの息吹が感じられなかった。これは、紫式部には実は出産経験がない証拠ではないか……。

やはり紫式部は女ではない、という仮説を強めた私は、さらに調べを進めた。

すると紫式部の〝お家〟の事情と、本物のオネエ説とが結びつく背景が浮かび上がってきたのだった。

紫式部の曽祖父、堤中納言・兼輔をピークとして、家勢は下降線を辿っていた。何としても家の存続と発展を願うのは至極当然の成り行きだが、それには女子が必要不可欠である。女子が生まれれば、ひょっとすると地位の高い家に嫁がせ、姻戚関係を結ぶ手がある。藤原道長がそうであるように、この時代の家の発展には、女子の存在が重要なのである。道長は娘たちを次々と天皇家に嫁がせて、孫たちも歴代天皇となった。その結果、道長の権力は絶大となり盤石になっていったことは歴史が証明している。

紫式部の家系を調べてみると、男系であることが分かった。女子はきわめて少ないのである。

この状況で紫式部の家が再び繁栄する起死回生の一手は、女子の誕生以外にないだろう。したがって紫式部の父為時は、何としても女子を望んでいた。一方、「紫式部の祖母」は女子を生むことができなかった過去がある。せめて孫には女子を、と望んでいたものと思われる。ここで為時と「紫式部の祖母」の思惑が合致したわけだ。

ところが生まれてきた子は女子であったけれども、近親婚の負の犠牲となった、いわば心身ともに弱い人間だった。為時と紫式部の祖母は、次の子供に期待を託すしかなかった。そして生まれてきたのが、紫式部だった。色白で女のような赤子であったが、「女子」ではなかった……。

この時、祖母は女の子として育てる決意をしたのではないか。

もっとも子供は成長と共に本来の性に戻るのがふつうである。だが、紫式部は戻ることをしなかった。なぜか。紫式部は「本物のオネエ」になりつつあったからだろうと考えられる。

ここで、「本物のオネエ」について少し突っ込んで触れてみることにしよう。

「本物のオネエ」とは、心と体の性が一致しない、いわゆる性同一性障害者（以下GID＝Gender Identity Disorder）のことで、池田官司・北海道文教大学教授の調べによると、GIDは二八〇〇人に一人（推定）というデータが出ているという（二〇一三年四月発表）。

現代と平安時代を単純に比べることはできない。けれど人間そのものは、時代を問わずそれほど変わっていないだろうから、平安時代もほぼ同じ割合でGIDは存在したかもしれない。

日本では男女両方の性を兼ね備えていることから、両性具有と呼ばれることもある。平安時代の「病草紙」（作者不詳）には、「半陰陽」として登場している。一般的には卵巣を持ち、外性器は男性であるという女性半陰陽を指すことが多い、といわれる。

半陰陽は仮性半陰陽と真性半陰陽がある。遺伝子の上では男であっても睾丸が男性ホルモンを分泌せず、細胞が男性ホルモンに反応しないなどで外性器が男性化しない。あるいは遺伝子の上では女性であっても、男性ホルモンの影響で外性器の男性化が起こる、と言われている。分かりやすく言えば、膣が機能されず陰唇がペニスのように肥大しているケースもあるというが、実態はまだ謎が残るのである。

ここで一つの事例を紹介しよう。わが家で起きた本当にあった話だ。

わが家はかつて鶏を三羽飼っていた。三羽ともメスで、一番元気のいい鶏が一番よく卵を産んだ。三日に二個のペースであった。他の二羽も卵を産んだのだが、三日か四日に一個だった。

ある頃から元気のいい鶏は、他の鶏をくちばしで突っつき虐め始めた。虐められた鶏はやがて相次いで死んだ。恐らくストレスからだろうか。

元気のいい鶏は、昼間は庭で放し飼い。夕方、鶏小屋に戻す。元気のいい鶏は、家人の隙を狙って庭から縁側に飛び乗り、居間に突入するや否や座卓に用意してあったこんにゃくの煮物を嘴に咥えると、再び庭に飛び降り逃げ出す、そんなこともあった。

この頃になると、あまり卵を産まなくなった。どうしたことかといぶかしがっていたある日、母親が言った。「あらら、オスになっちゃった」。なにしろ卵を産まなくなっただけではなく、オス特有のトサカがどんどん大きくなってきたのである。

やがてこの鶏は、高さ一メートル五〇センチの塀を乗り越えて脱走し、二度と戻ることはなかった。おそらく誰かにシメられてしまったのだろう。

このように鶏もメスからオスに変わってしまうのだから、人間だってあり得るかもしれない。

　ともあれ紫式部が「本物のオネエ」の兆候を見せたことに加えて追い風となったのは、堤中納言邸にひんぱんに出入りする紀貫之の存在であろう。男と女が入れ替わる〝仕掛け〟を試みた「土佐日記」は、紫式部の祖母と為時がタッグを組んだ絶対秘密のプロジェクトを思いつき、実践に踏み切る動機づけとなったに違いあるまい。

　とはいうものの、人生のステージにおいては数々の難題が待ち受けている。その一つは結婚だ。だが、結婚は男であることがバレるキッカケにもなり得るが、結婚することによって、世間に対しては「本物のオネエ」であることを隠蔽できるチャンスにもなる。

　そう考えた二人は、秘密を守れること、祖母と為時母子の意のままになる人物であること、を条件に婿を探した。そして選ばれたのが、宣孝だった。

　さらに検証してみると、紫式部と宣孝の結婚には腑に落ちない点がいくつかみられた。なぜ美人でもなく年増の紫式部（当時二九歳前後）に宣孝は惹かれたのか。宣孝自身になり代わって考えてみると、この結婚には第三者の力が働いているとしか思えなかった。つまり偽装結婚に違いない。繰り返しになって恐縮だが、二九歳と四五歳の若くない、というより当時としては年配同士のカップルである。

　そして子供を授かるや、まもなく宣孝は突然、亡くなってしまう。まさに子供を授かるために宣孝は利用されたようなものではないか。ここに作為を感じるのだ。

そしてもう一つ気になる点がある。子どもが〝一人だけ〟というのが何か引っかかる。昨今では一人っ子は別に珍しいことではない。けれど昔は、子だくさんがふつうであったから、「子供が一人」というのは、少し不自然ではなかろうか。

もちろん、夫（宣孝）が亡くなったのだから仕方がないといえばそうかもしれぬ。だが、立ち止まって考えてみると、仮に夫が生きていようが死んでいようが、子供は当初から「一人」と決めていたのではないか。なぜなら、紫式部の〝女〟を証明できればそれでいいわけだから。女を証明さえできれば絶対秘密は成り立つからだ。

宣孝は、役割を終えると図ったように黄泉の国へ旅立ってしまった。これは重要なミッションを知り得る人物として、秘密が漏洩するのを恐れて何者かが「消した」、という考え方も成り立つのではないか。

宣孝を消した下手人は誰かといえば、為時に違いない。もちろん直接に手を下さずに人を介してだろう。ひょっとすると食事に毒のようなものを盛り込み、消したのだろうか。これをしも「紫式部の祖母」の申し送りだったかもしれない。

さらに疑問はあった。紫式部と娘の大弐三位の資質が、母子にしては余りに違い過ぎる点だ。

紫式部と違って大弐三位は、次から次へと男を乗りかえた。一般的にいえば、母子は異性の好みや恋愛のパターンが似ているといわれるけれども、紫式部の母子の場合は、水と油ほどの違いなのだ。

寿命も四十代と八十代の違いだ。どうやら紫式部のＤＮＡの翳さえ見えないのが、大弐三位といえないだろうか。

つまり本当の母子ではない、と思えばこれらの疑問も氷解するのである。

やはり大弐三位は、どこからか養女として迎え入れたに違いない。

これまでの歴史では、紫式部は女であり、夫がいて、娘が一人いて、未亡人となってから「源氏物語」を執筆したと言われ続けてきた。その間、レズビアンとか二重人格者とのレッテルはあるものの、「女ではない。本物のオネエ」説は皆無だった。

それだけに「絶対秘密のプロジェクト」は、ほぼ完ぺきに遂行されたと言わざるを得ない。つまり「紫式部の祖母」と為時が仕組んだ絶対秘密は、千年にわたって揺らぐことはなかったのだ。

「何事も疑いありき」と、取材記者としての心得を先輩記者から言われ続けてきた私は、たまたま目にした「源氏物語絵巻」に疑義を抱き、少しずつ疑惑を抱くようになったわけであった。疑義を抱いてから数十年が過ぎた。

賀茂川の堤をスーツケースをゴロゴロ転がしながら歩く。大弐三位の実の母親ことX1号と実の父親ことX2号のことを考えていた。Xを見つけなければ、「紫式部の祖母」と為時の二人が仕組んだ絶対秘密を崩すことはできない……。

と、ふいに、ある人物が脳裏に浮上してきた。

ひょっとするとこの人物こそが、Xを調達したのかもしれない！

最終章　絶対秘密の行方

重要人物の浮上

私はすぐさま、国会図書館関西館に向かった。

私の脳裏に浮かんだ人物とは、具平《ともひら》親王のことだった。

具平親王は第六二代・村上天皇の第七皇子であるが、大顔という名の雑仕女との間にできた子供の処置に困っていたところ、窮状を知った紫式部の伯父・為頼が手を差し伸べ、息子（伊祐）の養子（頼成）として引き取ったのであった。

なぜゆえに為頼が具平親王に温かい手を差し伸べたのか。具平親王は自宅を開放して文学サロンを主宰し、多くの文人を集めてたびたび詩会を開催していた。この文学サロンは千種グループと言われるが、このサロンに為頼、為時の兄弟が足繁く通っていたのである。

紫式部の父と叔父は、千種グループの有力なメンバーでもあったのだ。

もちろん自宅が近かったせいもあるだろう。為頼、為時の家は百年も続く堤中納言邸であるが、わずか一六三メートル離れた先に具平親王の邸（土御門殿＝左京一条坊九町土御門南、宮小路西）があったからである。

さらに地の利だけではない。かつて具平親王家で家司をしていたのが、紫式部の父・為時であり、また後に紫式部と結婚した宣孝であったという因縁もあった。

いずれにせよ紫式部の一族は具平親王に対して、〝貸し〟を作っていたわけだ。したがって紫式部の一族に万が一不都合な何かが訪れた場合、きっと具平親王は力になってくれるはず。そういった恩を担っていたのが、具平親王であったはずだ。

とすれば、紫式部の養女を調達するぐらい、決して難しいことではないだろう。まさに喜んでという気持ちで世話をしたかもしれない、と私は睨んだのである。

ちなみに雑任女の大顔はその後、頓死したと伝えられている。頓死とは現在では将棋以外ではほとんど使わない言葉だが、要するにこれまで元気だった者が突然亡くなってしまうこと。一昔前はぽっくり病といわれたのも頓死であろうか。

なぜ大顔が頓死したのかは定かではない。あたりさわりのない言葉でいえば、産後の肥立が悪く、ということであろうか。

しかし、私は同意できかねる。

子供の処置に困惑する具平親王を見て絶望し、自ら死を選んだ可能性はどうであろう。あるいは、周囲からの厳しい嫉妬の嵐に耐えかねてストレスがたまり、疾病を発症して亡くなったのかもしれない。雑仕女とは今でいうお手伝いさんであろうか。その雑仕女が皇子に愛されて子供まで生んだのだから、他の女たちは黙っているはずがない。嫉妬の牙が一斉に大顔に向いたとしても不思議はない。

あるいはまた何者かによって消されたことも否定できない。

この大顔事件をもとに、紫式部は源氏物語のなかの第四帖に登場する、「夕顔の怪死」という着想を得たものと言われている。このエピソードは、光源氏の心を奪った夕顔に嫉妬した六条御息所の霊が夕顔を死に追いやってしまうもの。つまり夕顔は、呪い殺されてしまうわけである。

まさに紫式部が大顔の怪死事件を参考にしたのは、間違いないところだ。

具平親王とは

国会図書館関西館の広い一室で、具平親王の家系から人柄などを徹底的に調べた。

具平親王は康保元年（九六四）六月一九日、村上天皇の第七皇子として生まれた。貞元二年八月、一四歳で元服。その後、慶慈保胤《よししげのやすたね》や橘正通を師と仰ぎ経学や詩文を学んだ。慶慈保胤は陰陽の家の出身で、文章博士の菅原文時の門に入り漢学を学んだ文人。著書に「日本往生極楽記」がある。橘正通は漢詩人で、具平親王の侍読を務めた。侍読とは天皇や皇子に学問を教える学者のことで、具体的には「四書五経」「史記」「老子」など儒教の経典を講義していたようである。橘正通の詩は「詞花和歌集」「本朝文粋」「類聚句題抄」などに残されている。晩年は高麗に渡ったと言われている。この二人に学んだおかげで、具平親王は後に皇室詩人として名をはせた。

具平親王は幼き頃、「六条宮」とか千種殿と呼ばれた。なぜなら邸が六条坊門の北にあり、千種殿と称されたからであった。

長じると、「後中書王」と称され、当時の詩人や儒者たちから尊崇の的にされた。「後中書王」とは「前中書王」と言われた醍醐天皇の皇子・兼明親王と文才を並び称されたからである。

具平親王は文芸の世界でその才能を発揮したけれど、政治の世界からはなぜか外れていた。

当時、政治の権力を握っていた道長一族から嫌われ敬遠されていたのか、といえばそうではない。なぜなら具平親王の子供たちは、道長の子供たちと婚姻の儀を挙げている。長女が頼通の妻に、三女が教通の妻となっている。そして息子の師房は、道長の養子となり尊子と結ばれているのだ。だからだろうか、師房は順調に出世した。位は従一位右大臣にのぼりつめ、土御門右大臣と称された。

したがって道長一族とは親密な関係といえる。おそらく文人気質の具平親王自身が、政治の社会に渦巻く陰謀・策略の醜い世界を遠ざけていたかもしれぬ。

紫式部の伯父・為頼は、具平親王の〝不義の子〟を引き取った縁もあったし、千種グループの有力メンバーだったことは述べた。さらに千種殿と堤中納言邸とはご近所といったことに加え、具平親王の祖母は代明親王に嫁いだ人で「紫式部の祖母」の姉であり、いわば濃密な間柄である。

それだけに、為頼が長徳四年に亡くなった時の具平親王の落胆ぶりはかなりのものであった。

この時の歌が残されている。

春くれば散にし花も咲にけりあはれ別れのかからましかば

（千載集、公任集）

さて、為頼の弟・為時の「娘のために養女を頼む」という申し出を引き受けたであろう具平親王は、Xという人材をどこから調達したのか。さまざまな筋を考え、目を皿のようにして史料を読み込んだ。

Xの存在は浮かんでは消え、消えては浮かぶといった繰り返しの状態が続いた。ハッキリしているのは、極秘情報なだけに、具平親王と濃密な関係にある人物と考えて間違いない。

とすれば、考えられるのは二つの筋だった。

一つは楽子内親王である。楽子内親王は村上天皇の第六皇女であり、具平親王のすぐ上の姉にあたる。

もう一つは母親の荘子女御の筋である。記録によると、具平親王は大雲寺で姉の楽子内親王が亡くなった際、周忌供養を中心となって執り行っていた。また母の荘子が亡くなった際も、中心となって動きまわっていた。特に読経の外題を藤原行成《こうぜい》に依頼するなど、主となり儀式を執り行ったのが具平親王であった。

ちなみに行成は、三蹟の一人といわれた能書家である。三蹟とはほかに小野道風《おののとうふう》、藤原佐理《すけまさ》がいる。行成は「勅撰和歌集」の選者としても知られている。

具平親王と実姉の楽子内親王、実母の荘子とのエピソードを知るにつけ、濃密な関係性を思わざるを得なかった。もっとも実母や実姉だから当たり前かもしれないが、たとえ実母や実姉であっても、長じてしまえば冷ややかな関係となるケースも決して少なくないのだ。

さて、それぞれの筋を調べていく。と同時に並行して具平親王の歌、大弐三位の歌、為時の歌を何度も読み直して何かのヒントに結びつくものはないかと、さらに模索を続けた。ひょっとすると大弐三位と関連するドキュメントが見つかるかもしれないと期待したのだが、結果的にXと繋がる材料は見当たらなかった。

やはり、千年の重みをあらためて認識するのであった。

小野一族と紫式部

翌日ホテルを出て向かった先は、紫式部の墓所であった。京都・堀川北大路の広い交差点の近くに建物と建物の間に紫式部の墓は存在する。陽のあまり当たらないせいであろうか、ひっそりとした風情であった。私が訪れた時、墓前におそらくファンであろうか、花が生けてあった。私はかがんで手を合わせた。隣にはなぜか小野篁《たかむら》の墓があり、やはり花

紫式部の墓と小野篁の墓

が手向けてあった。

現在の住所は京都市北区紫野西御所田町。東側に賀茂川が東西に流れている。西には金閣寺がある。昔は雲林寺の境内にあったらしい。

なぜ紫式部の墓かといえば、南北朝時代の書物「河海抄」の中に、「式部墓所は雲林院の白毫院南に在り、小野篁の墓の西なり」と記されているからだ。

なぜゆえに紫式部の墓の隣に、まるで並ぶように小野篁の墓があるのか。一説には紫式部が尊敬していたのが小野篁ではないか、と言われるが、根拠となる史料は残されていない。

けれども篁の孫に小野道風がいるではないか。道風といえば三蹟の一人だ。三蹟には行成がいる。具平親王が母の荘子の亡くなった際に、読経の外題を依頼したのが行成だ。とすれば三蹟つながりで具平親王と小野道風は、接点があったかもしれない。

いや、直接的な接点はない。なぜなら二人の間には七十年の年の差があるからだ。したがって道風の血を引く下の世代であろう。ひょっとするとXと繋がる何かが見つかるかもしれぬ。調べに一段と熱が入った。

小野道風は八九四年生まれである。小野道風の生まれた場所は、古記録「麒麟抄」によると、「尾張国上条ニシテ生レ給ヘリ」とある。現在の愛知県春日井市にあたる。

「紫式部の祖母」が九一七年生まれだとすれば、道風の方が二三歳年上になる。これくらいの年齢差になると、現実的な接点があったかもしれない。

「紫式部の祖母」は、三蹟の一人である道風や小野篁を敬愛していたかもしれない。孫の紫式部は祖母から篁や道風の自伝的な話を聞いていた可能性はあっただろう。いや可能性というより、現に「源氏物語」のなかに、道風を称える一節があるではないか。紫式部は、「今風で美しく目にまばゆく見える」と小野道風の書を評しているのだ。

「書道の神様」と言われ、宮廷人からも、中国の書道の元祖的存在である「王羲之の再来」と称されていたから、紫式部は道風の書をお手本にしていたかもしれぬ。

ちなみに小野道風のいとこには、あの美人の代名詞である小野小町がいる。

小野一族のルーツをザッと見てみると、まずは日本人なら誰でも知っているあの人物に行き当たる。日本と中国の交流の使者、初代遣隋使の小野妹子《おののいもこ》である。妹子が活躍したのは、遠く推古朝の時代である。

妹子の成果は、その後の小野氏の躍進に大きな影響をもたらし、いわば外交の小野氏という評価を築くのであった。妹子から数えて六代目にあたるのが小野篁であり、小野道風は八代目になる。

「古筝類苑」には、道風の記述が見える。

本邦ハ聖武天皇、弘法大師、伝教大師、嵯峨天皇（略）、貫之、道風、佐理卿、行成卿（略）皆傑出ナリ、就中ヲ嵯峨帝、橘逸成、小野道風ヲ巨擘トス

道風が書の達人であったことがわかる。

また、「気比神社文書」のなかの「平安遺文三一五文書」によると、小野道風の父、葛《くず》絃《お》は越前守であった。在任中、火災等で衰退していた越前国気比神宮寺の再興に尽力したという。

思い出してほしい。紫式部の父・為時も越前守だった。この線からも、両家に縁があったと考えられる。

ここで小野道風のエピソードをひとつ。

『紫式部日記全注釈』や『土佐日記全注釈』（いずれも角川書店）の著者、国文学者・萩谷朴によると、小野道風の邸は晩年、二条堀河に近い木工町の一角にあったという。

天徳三年八月二日の朝、道風の邸前で何やら男同士の言い争う声がした。争いの原因は、道風への清書の依頼を巡ってのことだった。道風の書は和様で詩文の清書には不向きなものの、当時の風潮は和様好みに移りつつある時代であったから、彼の書が珍重されていた

のだ。

さて、もめ事の内容を聞いてみると「来たる十六日に清涼殿において詩合《しあわせ》」が催されるという。詩合とは左方と右方に分かれて「詩」を競う一種のイベント。左方の詩人には、菅原文時、源順、菅原輔正、紀伊輔、藤原公方、清原元真（清少納言の叔父）らである。文時は菅原道真の孫だ。対する右方の詩人は源兼明、大江維時、橘直幹、藤原国風、菅原名明らだった。なお兼明は晩年になって皇籍に復帰し、兼明親王に戻って前中書王とよばれた。「後中書王」といわれた具平親王は甥にあたる。

ともあれ左右の詩人たちはいずれも錚々たるメンバーであった。そして選ばれた詩人は左方、菅原文時七首、源順三首。右方では直幹八首、維時二首であった。これらの詩を小野道風に清書をさせるという段取りであった。右方の方人頭《かとうどのとう》、つまりボスは右兵衛督《うひょうえのかみ》延光。一方、左方のボスは民部大輔保光だった。

この事情を知ると小野道風はこうつぶやく。

「延光も保光も同じ母の定方殿の姫君ではないか。お主上《かみ》（村上天皇）もとんだ悪戯をするではないか」

つまり兄弟で闘わせようという魂胆を、悪戯と言ったわけである。もちろん姫君というのは代明親王に嫁いだ定方の娘で、「紫式部の祖母」の姉だ。

そして内裏詩合行事の前日、車（牛車）が道風邸に到着した。道風は車に乗り枇杷邸へ。すでに机、硯、筆、墨、紙等が用意されていた。道風は筆をとりスラスラと書いていく。

月与《ト》秋ヲ期スル有リ
蘭《フジバカマ》ノ気軽風ニ入ル
蛍白露ノ間ニ飛フ
雲ニ唳《ナ》イテ胡鴈遠シ
秋光山水ヲ変フ（以下略）

清書はうまくいったとみえて、「さすがわが朝の王羲之と称せられる道風殿、見事な出来栄えじゃ、さあ道風殿、寝殿の方へござれ」と饗された。

寝殿には山海の珍味や酒が用意されていた。酒とは濁り酒で、今の「どぶろく」である。酒には目のない道風、上機嫌のうちに夜を徹して飲みあかしてしまった。おもてなしをしたのは右方、つまり延光側であったのだ。

この情報が左方、保光朝臣の耳に入ると、彼はお主上《かみ》（村上天皇）の力に縋《すが》ることを画策。結果、勅書を賜り、これを持参して保光は枇杷邸へ向かった。

ところが門は固く鎖され、呼べど叩けど邸内からの応答はない。道風は徹夜で痛飲して、イベント当日（十六日）の朝帰りとなった。

道風の目の前に、家人たちがお主上の勅書を突きつける。驚く道風はすぐ頭から水をかぶり酔いを醒まして内裏に参上。するとお主上（主催者の村上天皇）はこう言った。

「道風、お前はすっかり延光に謀られたな。しかし保光と延光とは同母（筆者注：「紫式部の祖母」の実姉）の兄弟じゃ。延光に書いてやって保光には書かぬでは片手落ち。昨日、保光は泣かんばかりにして私に頼みに来おった。保光が持参した舶載《はくさい》の色紙がある。詠進の十首の詩もある。早う書いてやれ」

お主上からそう言われてすっかり酔いも消し飛び、右方のように金銀泥の下絵のある豪華な料紙ではないが、同じく唐の縹《はなだ》の色紙に慎重な楷書で清書を終えたのだった。

当日の詩合の模様は「天徳三年八月十六日闘詩行事略記」にこう記されている。

然ラバ即チ左右之詩、或ヒハ真惑ヒハ行。垂露之文、日ニ向カッテ弥輝《いよいよ》キ、秋風之体、燈《ともしび》ニ映ツテ猶遺《のこ》レリ。乾坤ノ一物、人ヲ期スルニ在リト謂ヒツ可シ。遠ク唐家ヲ稽《かんが》へ近ク我ガ朝ヲ訪フモ、彼ノ会昌好文之時自《よ》リ初メテ、元和抽藻之世ニ至ルマデ、淫放之思ヒ馳スルト雖モ、未ダ闘詩之遊ビ有ラズ。仍ツテ後代ノ為ニ、聊カ以ツテ之ヲ記ス。

このように「内裏詩合」の行事は盛り上がり成功した。それとともに小野道風の書を称えているのである。ちなみに保光は後に桃園家の祖となり、延光は枇杷家の祖となりそれぞれ繁栄した。

このような小野道風のエピソードを知るにつけ、あらためて紫式部と小野家の因縁、さらに具平親王を絡めた縁《えにし》が浮かび上がって驚かされた。

因縁ばかりではない。道風のエピソードからは、いわば性格の一端が読み取れるではないか。乗りやすいタイプ。時の流れに身を任せるタイプ。しかし陰険さは感じられない。道風は酒好きがたたってこの詩合の七年後、七三歳で亡くなった。とはいえ当時としては長命であった。

これらを考え合わせると、やはり長寿であったこと。何度も再婚し、いわば時の流れに身を任すような生き方の大弐三位に、紫式部というより小野道風の〝血〟が感じられるのは、私の思い込みが過ぎるせいだろうか。

さて、道風には五人の子供がいた。奉時、長範、奉忠、奉明、公時である。長男から五男までを授かった時期は、九一五年から九三五年前後と推測される。したがって彼らの下の世代が、紫式部の生まれた九七二年前後にあたる。

さっそく調べを進めると、長男・奉時はのちに兵庫頭となっており、子息の一人が天台座主となっていた。名前は明尊《みょうそん》といい、生まれは九七一年だ。紫式部とほぼ同世代であった。つまり大弐三位の生みの親、Xの世代といえるのだ。

明尊は幼い頃に円城寺（三井寺）に入り、やがて円城寺法務を兼ねた僧正になった。そして天台座主にのぼりつめたのだが、反主流派（円仁派）が時の関白・頼通に反対を直訴したこともあって、明尊は職を離れた。このため明尊は三日間だけの天台座主であった。その後、平等院の検校をしたといわれている。検校とは寺院の監督役のこと。なお、鎌倉時代になって検校は盲官（盲人の役職）の最高位という意味に変わっている。

明尊の兄弟姉妹、さらに伯父である四人（長範、奉忠、奉明、公時）の子供たちの中にXが潜んでいるのではないか。

世代的には絞られてきた。つまり明尊のいとこ達の一人に、私の探し求める人物がいる。Xの女子が紫式部の養女となり、賢子（大弐三位）と名づけられたに違いない——俄然探求心に火がつき、興奮がじわじわ迫ってきた。

小野家の筋をリストアップすることにした。

遣唐使たち

紫式部の養女にするには、それなりに親の知性も必要であろう。小野篁、道風のＤＮＡならば文句のつけようもあるまい。

ここで小野道風の祖父、小野篁についても触れておくことにする。

「日本文徳天皇実録」によると、篁は子供の頃、馬術に夢中となり学問をおろそかにしていた。このため嵯峨天皇が「小野家の子が何で〝弓馬の士〟となるのか」と咎めた。以来、篁は勉学に励み、文章生の試験をパスし、弾正少忠となった。次いで大内記を経て、三二歳の時に遣唐副使に任命された。「続日本紀」にはこんな一文がある。

夏四月巳亥、遣唐の四船　難波津より進み発つ。

難波津から出港、瀬戸内海を西に進み九州を経由して長安（現・西安）へ行くコースだったと思われる。送別の宴では天皇から酒肴が届けられたという。四隻合わせて六百人前後の留学生というのだから、宴も盛大であったであろう。

船での長旅は命がけであった。まだ航海技術も十分でなかった時代である。海難事故も決して珍しくなかった。

小野篁の場合は、天候の具合か船の欠陥のためか、二度にわたり渡唐行が失敗した。三度目の渡唐の際、今度は老母の世話（介護）を理由に乗船を拒否したのだった。時に三六歳。おそらく行きたくなかったのだろう。

小野篁は乗船を拒否しただけではなく、その後に遣唐使事業そのものを批判する漢詩を発表してしまった。これを読んだ嵯峨天皇が激怒、小野篁は隠岐に流罪となってしまった。二年後に罪が解かれて京に戻り、時の皇太子（後に文徳天皇）の東宮学士となった。東宮学士とは皇太子の教育官で、主に儒教を教えた。そして蔵人頭、左中弁を歴任した。文徳天皇即位に伴い、正四位下に叙せられた。

なお遣唐使といえば、十数年前に日本人留学生の墓誌が西安の工事現場で発見され話題となった。二〇〇四年一〇月一一日の朝日新聞によると、墓誌は一辺が三九センチでほぼ正方形の石製で「公姓井、字真成、国号日本」と読めた。「井真成」という名前の日本人留学生で、「井」は井上の略らしい。当時、日本人が中国風に名乗る場合、二文字の姓の下の字を省略することが習わしであったらしい。

また、日本という国号を記した最古の史料として貴重なものとなったという。さらに墓誌にこうも記されていた。

形既埋於異土、魂庶帰於故郷

（体は異国の地に埋葬されたが、魂は故郷に帰っただろう）

この井上真成は三六歳で病死したのだった。

遣唐使の第一次は六三〇年、以来、二百年以上にわたり行われた。滞在は人によって違っていただろうが、だいたい二年だった。

遣唐使の有名人を挙げれば、「貧窮問答歌」で有名な山上憶良《やまのうえのおくら》（第八次）、こちらも歌人・詩人として有名な阿倍仲麻呂（第九次）、囲碁を日本に持ち込んだといわれる吉備真備《きびのまきび》（第一八次）、天台宗の開祖・最澄、真言宗の開祖・空海（ともに第一八次）らである。

そして最後の第二〇次（ただし入唐せず）の遣唐使大使は菅原道真であったが、唐の国の混乱のため停止となってしまった。その後まもなく唐は滅亡（九〇七年）した。

留学生の阿部仲麻呂は日本に戻ることがなく、客死した。有名な一首が残されている。

あまの原ふりさけ見れば春日なる三笠の山にいでし月かも

一方、山上憶良は日本に戻って来た一人であった。

いざ子ども早く日本へ大伴の御津の浜松待ち恋ひぬらむ

（万葉集）

山上憶良は百済人の憶仁の子で、百済滅亡の際、父とともに日本にやってきて近江国甲賀郡に住み着いたという。桓武天皇に寵愛された紫式部の五代前の先祖、百済永継も、百済滅亡のあおりを受けた一人であったのだろうか。

なぜゆえに遣唐使まで話が広がったのかといえば、唐国から帰国したなかの一人の子孫が、ひょっとするとXではないか、と想像が拡大したからだった。なぜなら紫式部の五代前の人物も、〝大陸の人〟であったことが頭を掠めたからだ。

多少無理があるが、この帰国留学生の線をXの二人目の候補者とした。

もう一度、整理してみよう。

大弐三位は一体どこから調達したのかといえば、紫式部の父である為時と「紫式部の祖母」との濃密な関係先の人物ではないか。

そこで浮かんだのが具平親王だった。具平親王を突破口に考えるならば、その先はあまり人間関係の濃いところではないだろう、と考えた。なぜなら人間関係が深ければ、絶対秘密にほころびが生じる恐れが出てくるからだ。

したがって、できれば予想だにしない人物からXを引っ張ってくれれば、秘密が漏れることはない。こう考えた先に浮かんだのが、二つの候補者たちであった。

一つ目は小野道風の線だ。

そして二つ目は紫式部の先祖、大陸関連つながりの唐の帰国留学生の線であった。

以上の線に絞り込み、さらに調査を進めていったのだった。

とにもかくにも史料を読み込み、Xの行方を追ったのだが、唐の留学生の線は途中で記録が途切れ、これ以上追跡することができなかった。したがって残されたのは、小野篁から小野道風の線だけであった。

この線は私の心を掴んだ。三蹟の一人、藤原行成をとっかかりに小野道風にいたる道筋だ。つまり具平親王は実母、荘子の亡くなった際に読経の外題を行成に依頼した。当然といえば当然である。紫式部と行成は血が繋がっているからだった。どう繋がっているかについて述べておこう。

「紫式部の祖母」の姉は、第六〇代・醍醐天皇の第三皇子（代明親王）に嫁ぎ六人の子供をもうけた。このうち長女の恵子と次女の荘子に注目した。この姉妹は、つまり「紫式部の祖母」の姪にあたるわけだ。荘子はのちに村上天皇の女御となり、具平親王を生んでいる。これは既に記した。

一方、長女の恵子は、太政大臣の伊尹《これただ》の正室となった。伊尹は兼家の兄、つまり兼家は道長の父だ。「紫式部の祖母」と道長はつながっていたのである。とすれば道長と紫式部もつながっていることになる。

さらに恵子と伊尹の間には八人の子供がいた。親賢、惟賢、懐子、挙賢、義孝、光昭、義懐、周挙である。このなかの三男・義孝の息子は、藤原行成であった。つまり行成にとっては、紫式部とも道長とも血が繋がっていたことになる。

行成の線も、ひょっとするとXと絡んでいるかもしれぬ。行成の生まれは九七二年である。紫式部と同い年だった。「権記」によると、行成は夢の中で小野道風と逢い書法を授けられいたく感激した、と記されている。行成の線を追ってみた。

行成は三人の妻がおり、子供は合わせて十二名。このうち女子は四名であった。四名のなかに養女に出された人物がいるのだろうか。調べると嫁入り先のはっきりしているのが、長女（源顕基室）、次女（源経頼室）、四女（藤原長家室）であった。三女は夭折している。

この三女が怪しいのでは、とさらに調べると、亡くなったのが一〇〇二年であった。つまり大弐三位の生年（九九九年）と合わない。したがって行成はXではなかった。

そしてもう一人の三蹟、藤原佐理《すけまさ》の線も追った。妻は為輔の娘の淑子。為輔の父は朝頼だ。朝頼といえば「紫式部の祖母」の兄であった。つまり「紫式部の祖母」の甥っ子の子供（淑子）が三蹟の一人、佐理の妻となっている。三蹟と紫式部は、濃密に絡み合っていたのだ。これらの事実を知った瞬間、ゾクゾクと背中に寒気を感じた。

さらに調べを続けた。恵子の長女、懐子はクーデター（「寛和の乱」）で失墜した花山天皇の生母だった。ところが大弐三位の生まれる前に佐理はすでに亡くなっていたから、佐理もXの線と結びつかない。とすればやはり小野道風の線がクサいのか――。

道風の祖父は小野篁だ。篁といえば紫式部と墓つながりで結びつく。

要するに、紫式部が尊敬する小野篁の孫である小野道風のさらに孫の一人がXで、その娘が、大弐三位の可能性があるのではないか、ということである。

小野道風の孫である明尊の兄弟姉妹、それに四人の伯父たち、長範、奉忠、奉明、公時らの子供たちの中のいずれかに、Xは存在しているはずだ。Xが特定されれば大弐三位の正体も判明できよう。

ところが、明尊以外の人物の記録はなかったのである。おそらく特段に社会で目立った事柄がなかったからだろう。いや、そうではなく、下手人たちは記録を残さないようにしていたかもしれぬ。いずれにしろ記録がなければいかんともし難く、下手人たちの犯行（？）に感嘆するというよりも、千年の時の長さを怨むのであった。

原点回帰

紫式部をめぐる七日間の旅を終えた。

東京に戻った私は、サラリーマン時代の仲間である女性を訪ねた。彼女は民間テレビ局に勤めるプロデューサーである。勤続三十年の表彰を受けたばかりというベテラン女史だ。テレビ局内にある一八階の喫茶室で久しぶりにお茶をした。眼下には台場の海が広がっている。ゆりかもめが右に左に自由に舞っているのが見えた。

トマトジュースを飲んだ後に一連の話をかいつまんで言うと、彼女はのっけから、

「なんですって！　紫式部がオネエ……そんなバカな」

と言って笑い飛ばすのだった。もう少し丁寧に説明しても、「それって、こじつけじゃないの」と言うばかりで、てんで耳を貸そうとしなかった。

そりゃそうだろう。紫式部は誰の脳裏にも女としてインプットされているのだから、当然といえば当然である。

さらに説明を続けると、彼女の顔から笑いが消えた。そしてコーヒーを一口飲んだ後に、こう口を開いた。

「なるほどね、紫式部と小野道風や藤原行成ら三蹟が絡んでいたっていうのは、ちょっと気になるわね。もう少しがんばって調べたら」

と言ってくれた。

秋が深まる頃、平安時代の書（和歌）の展示会が五島美術館で開かれていた。五島美術館は、国宝・源氏物語絵巻を所有していることで知られている。実業家の五島慶太のコレクションをもとに長男・昇が設立したもの。さっそく出かけた。

東京・上野毛の五島美術館は色鮮やかな楓の葉が庭に落下して、なかなかいい風情だった。館内にはたくさんの書の掛け軸がかかっており、中年女性で賑わっていた。

小野道風、藤原行成ら三蹟や藤原定家、紀貫之、紫式部の作品もあった。順番に見ていく。トップに掲げられていた書（和歌）は、小野道風、藤原行成、佐理と三蹟のそろい踏みだった。書は平仮名であるためにいずれも繊細な筆のタッチだ。どれも一緒にみえる。それでもあちこちから、中年女性の感嘆するため息が聞こえてくる。

紫式部の歌は「伝」とあるから本人が書いたものか定かではないのだろう。

私はしばし小野道風の書の前で立ち止まった。果たしてこの人物の血縁筋から紫式部の子供（大弐三位）を調達（養女）したのだろうか……。私はしばし逡巡した。

紫式部は女ではなく、本物のオネエであるがゆえに子供を産むことはできなかった。したがって世に知られている一人娘、大弐三位は実子ではなく何がしかの人物の女子を養女に迎えたはずだ。この人物、つまりXは何者か、そして大弐三位の正体とは一体誰なのか――。

これらを実証しなければ、紫式部の父・為時と祖母の二人が仕組んだ絶対秘密を暴くことはできない。私は一年がかりで、この鉄壁ともいうべき絶対秘密を崩そうと、あらゆる可能性を検討してきたのだった。

とはいうものの、千年以上の歴史の壁は厚く、話を聞くべき生き証人は当然、誰もいない。記録に残された史料しか頼るものはなかった。

それでもなんとか手がかりらしきものは見えてきた。その一人が小野道風の孫であった。この孫の一人こそがXではないかと狙いを定めた。

けれど途中で糸がぷつりと切れてしまった。つまり記録がなかったのだ。

結果、Xといえる人物を特定することができなかった。大弐三位の実像に至ることもできなかった。

やはり大きな巌を一人で動かすことなどできるものではないのか。そんな、ごく当たり前なことに迷わされてしまったのだろうか。しかし、何としても秘密を暴く手掛かりに触れてみたい——徒労感も確かにあったが、未だそれを上回る執念が自分の中に確かにあった。

……原点回帰。今さらかもしれないが、私の脳裏に浮かんだのはそんな言葉だった。壁に当たってしまったのだから、引き返すべきは最初の地点だろう。

原点とはどこか？　それもこの物語の主人公、紫式部の原点とは——考えた末、出てきた答えはここしかない。

私は再び越前へ向かった。

越前国府跡地候補に再訪

第2章で述べたように、紫式部は若い頃、父の為時と共に越前・武生で一年半ばかり過ごしている。

北陸の寒風に曝され、京の賑わいからは遠く離れたうら寂しい環境で過ごした紫式部の心は、きっと気の滅入るものではなかったか、とつい思いがちであろう。そこには〝都落ち〟という負のイメージがつきまとうからだ。

だが、実際はそうではなく、この地で過ごした期間はとても貴重な時間であったように思う。もしかしたら、紫式部の四二年間の生涯のなかで、もっとも充実した時期が、この越前・武生で過ごした時代ではなかったのか、とさえ私は思っている。

なぜかといえば、後の大作となる「源氏物語」の土台となる世界観を、この地・この時期で日々、形作っていたと思えるからだ。

もちろん、「源氏物語」の着想を得たのは、石山寺であったとされている。具体的なストーリーやキャラクター設定などは、長年の宮中生活を子細に観察した者でなければ思いつきようもないものであろう。

ただ、雅の世界を背景にした一大ラブストーリーへの憧れは、都から離れているがゆえの望郷の思いや渇望感と、若くみずみずしい感性が惹起したもので、それがのちの傑作につながっていったのではないかと思うのだ。

まだ二十代前半の紫式部は、北陸特有の真っ青に晴れたある日、日野山にかかる白い雲を見て、あるいは遠くに見渡せる白山にかかる雪を見ながら、「きっといつか男と女の愛の物語を書いてみたい」と心に誓ったのではなかろうか。絶世の美男子を主人公としたロマンスに彩られた物語の想像は、まさに夢と希望につながった日々であったろうと察せられる。

そして、「いつか宮廷人をも喜ばせる作品を書いてみたい」といった気持ちではなかったのか。ひょっとすると天皇の心をも虜にさせる物語を……という野望も頭の片隅にあったかもしれぬ。

加えて宣孝からのラブレターも、不快なものではなかったはずだ。心が温まる効果はあり、さらに充実した日々に拍車をかけたかもしれぬ。

北陸の厳しい環境は、大きなエネルギーをもたらし、結果的に紫式部の大きな夢は実現した。洋の東西を見渡しても、大作を創るには厳しい環境や苦境が蓄積となって、それが大きなスプリング・ボードとなることも珍しくない。

今、再びこの越前・武生の地に立っていると、一一月（二〇一六年）ということもあって一段と寒さが厳しく、行き交う人々はすでに冬支度の様相を見せていた。そういえば前回は、うだるような暑さの中でこの地を訪ねたのだった。

今回訪れたのは、紫式部の住んでいた国府では、といわれる有力な場所、本興寺（越前市国府一丁目）であった。前回は訪れることができなかったからだ。

越前市の本興寺

早速現地に赴き、玄関ブザーを押す。が、返事がない。再び二、三回押し続けた。

すると戸が開き、年配の女性が現れた。住職の奥さんであった。こちらの意図を伝えると、

「声が小さい。住職は耳が遠いから、もっと大きい声を出してください」

と言われた。のっけからジャブを受けてビビッてしまった。で、ボリュームアップしたのだが、さらにダメ出しを食ってしまった。

ようやくOKが出て奥に引っ込んだ。住職の許可をとりにいっているのだろうが、おそらく話を聞くことさえ拒否かもしれない。なにしろ越前国府発掘調査委員会からの要請を断固拒否したという住職だから、

一筋縄ではいかない頑固者かもしれぬ。思わず達磨大師のような怖い顔が浮かぶ。

待つこと数分で再び奥さんが現れた。入口でシャットアウトかと思いきや、中に招じ入れてくれた。しかし喜ぶのはまだ早い。住職に一喝されるかもしれない。なぜならアポもとらずにいきなりの訪問だからだ。

緊張しつつ中へ。いくつかの襖をくぐり抜けてどんどん奥へ進む。薄暗く物音ひとつしないのも、寺社特有の静謐さであろうか。

通された部屋は十畳ほどの広さであった。朱の絨毯が敷きつめられており、歩いても音がしない道理だ。床の間には力強い筆で書かれた経文の掛け軸が下がっていた。

奥さんが茶菓を持ってきてくれた。どうやら一喝されずに済みそうで、もてなしてくれたことに内心感謝した。ところが住職がなかなか現れない。

と、隣室でごそごそ音が聞こえる。住職が身支度していたのだった。まもなく襖が開き小柄な人物が現れた。

第三八世、上島日典さんだった。達磨大師とは似ても似つかぬ穏やかな顔をしていた。

「すべてが〝縁〟で繋がっているのです」

「頑固者で高齢者の話を、人はあまり聞こうとしない。昔は市役所に大学（福井大学）の同級生がおりましたが、今はほとんどいません」

温厚な顔をしているけれど、自ら頑固者と言うのだからそうかもしれない。緊張しながら耳を傾ける。

上島さんはかつて小、中学校の教師をしていた。特に歴史には造詣が深いらしい。なにしろ武生では由緒ある家柄のルーツを調べたことがあった。その家は唐からやってきて和歌山で居を構えたことまで突きとめ、子孫をびっくりさせたという。

であれば、その探求心でぜひとも国府の場所を特定して欲しい、と思いながら耳を傾ける。

「昔から紫式部のいた国府の場所は、二つの説がある。一つはこの本興寺。もう一つは粟《あわ》田部《たべ》の毘沙門天のある場所です。しかし粟田部の方は少し離れていますからね、無理がある。

この本興寺は明治三八年に火事にあいまして、古文書がほとんど焼失してしまった。大正二年に再建しました。この時に土台の跡がいくつか見つかったんです。土台の跡から見て、ここには大きな建物が建っていたことがわかったんです。つまり国府であろうと。しかし記録はなく言い伝えだけなんです」

するとと奥さんが口を挟んできた。

「この二階から日野山がよく見えたのですが、今は周りにビルが建って見えません」

住職が口を継いだ。

「紫式部の歌を詠むと、ここの二階から見た日野山とそっくりなんです。式部公園から見た日野山の景色は歌にあるものとちょっと違う」

この本興寺こそ紫式部の邸があったと言わんばかりであった。

「紫式部は謎の部分が多いので……」と言うと、横から奥さんが再び口を開いた。

「あの人（紫式部）は正式な結婚をしていないではありませんか」

この意味は正妻ではなく側室、つまり「おめかけさん」と言いたいらしい。この言葉に誘われて私は「紫式部はオネエ」と喉まで出かかったのを我慢して飲み込んだ。

住職は若干笑みを浮かべて再び始めた。

「歴史は過去のもの。あれはこうだった、これはこうだった、というだけ。言ったもん勝ちのところがある。粟田部の方もかつてうちこそ国府といっていたようですが、（裏付けとなる）古文書はありません。歴史は手を挙げたもん勝ちのところがあるが、真実はそうじゃないかもしれない。私は九一歳になりましたが、五歳の時から経を唱えています。しかし（お経の）本当の意味を知ったのは、この五、六年のことです。突き詰めていくと〝縁〟なんです。因縁、因果、すべてが縁で繋がっているのです」

上島さん、九一歳とは思えぬ迫力で言葉を継いでくる。福井師範学校から福井大学に切り替わる学生時代のこと。父親（第三六世）のことと、歴代の住職のこと。歴史にあまり関心がない前の住職のこと。そして紫式部関連をひとくさり。

途中、お茶で喉を潤したあとに、こちらにタバコを勧めた。昔はヘビースモーカーであったけれども今はやめたというと、

「僧職の身がお酒とかタバコとかはあまりよろしくないかと思うけど」

と言いながら一服。実にうまそうに喫っていた。そしてポツリとこう漏らした。

「まあ、今後、市から発掘依頼の要請があれば協力しますが……」

心の変化があったのかどうか、上島さん、市への協力姿勢を見せたのだった。

お邪魔してすでに二時間が過ぎていた。お礼を言って辞去する際、奥さんは大粒な甘納豆のようなお菓子を紙に包んで持たせてくれた。

それにしても上島さんの言う〝縁〟とは、今回、紫式部の実像を追跡して、まさに私が

感じたことだった。縁から可能性をたぐり、縁が途切れたところでまた振出しに戻り……平安時代の蜘蛛の巣のように絡み合った多重の縁の前で、ひたすら格闘を続けた。私には、住職の言葉が重く感じられたのだった。

境内には紅梅の樹木があった。紫式部から数えて四代目の樹木といわれている。紫式部の娘、大弐三位が母を偲んで植樹したという伝承もあるそうだ。

樹木の前でしばし立っていた。と、遥か千年の時を飛び越えて目の前に、十二単衣に身をつつみ、長い髪を腰の下まで垂らし、顔にはキッチリと白粉をほどこした紫式部の姿が甦ってくるのであった。

越前・武生の、いってみればモノクロの世界とは対極的な、極彩色にいろどられた男と女の、華麗にして壮大なドラマを思い描いている紫式部の姿が、幻影のように浮かんできた。武生での日々は、時には女、時には男と縦横無尽にそれぞれの心理をあやつって、「いつか一大ロマンを描いてみたい」という大きな夢を、未来に向かって抱いていたに違いない。

特急しらさぎ4号は武生駅を出発した。左手に日野山が見える。この日は小雨まじりの天気で、山の頂に雲がかかっていた。

列車は日野山近くまで迫って走っていた。日野山は一段と雄大に見え、山肌は紅葉で彩られていた。武生の街がどんどん遠ざかっていき、まもなく列車はトンネルに入った。

絶対秘密のプロジェクトを画策した一人、紫式部の父・為時はその後、どうなったのか。紫式部が亡くなった長和三年（一〇一四）の翌年四月二九日に三井寺にて出家したと、「小右紀」に記されている。時に六六歳であった。

なぜゆえに出家したかといえば、紫式部が亡くなったためだと伝えられている。亡くなったのは一〇一四年頃だろうといわれている。西本願寺の平兼成集の巻末に「式部の君亡くなりて」の記述が見られる。どんな亡くなり方をしたのか、記録はない。〝娘〟の死を受けて、出家というよりもさまざまな罪を償うためではなかったのか。

出家から三年後の寛仁二年（一〇一八）、為時は道長の長男である頼通の邸に屏風詩を献じていると、「御堂関白記」に記されている。したがってこの時はまだ生存していたわけだが、これ以降、為時の記録は残されていないことから、まもなく亡くなったのでは、と言われている。

萩谷朴博士の説では一〇二一年まで生きていたというが、一方で、一〇二九年説もある。一〇二九年説ならば、為時は八一歳である。「紫式部の祖母」も八二歳前後と長生きしたこともあって、息子の為時も長寿であったかもしれぬ。

おそらく、「紫式部の祖母」と二人で実践した絶対秘密が、「これで絶対にバレない」と確信したことを見届け、安心して黄泉の国へ旅立ったのではないだろうか。

エピローグ

この日、私は妻と共に埼玉県越谷市の実家に向かうことになっていた。実家の押し入れの奥に長い間眠っているあるものを見に行くためであった。

あるものとは、複製の源氏物語絵巻のこと。すべての始まりは、この絵巻物であったのだ。「紫式部はオネエである」という着想を得るキッカケが、複製の源氏物語絵巻だったのである。

結婚以来、妻は一度もこの絵巻物を目にしていなかった。このため妻は興味津々。買った当初は何度も一人で眺めては悦に入っていたけれども、それからもう四十年以上も見てはいなかった。

源氏物語絵巻は頑丈なビニールに梱包されたままであった。梱包を剥がし、古代結びを解くと桐の箱が現れた。桐の箱の蓋を開ける。今度は漆塗りの黒い箱が現れた。蓋の表に書かれているのは金箔文字で「源氏物語絵巻」。

なにしろ当時、なけなしの金を集めて、大枚一五万八千円をはたいて購入したものだった。今の貨幣価値に直すとおそらく四〇万円以上はするだろう。それだけに妻の目は、一段と輝きをました。

蓋を開ける。四本の巻物には、さらにがっちりとしたプチプチの付いたビニールで梱包されていた。妻が言った。

「なんでビニールの梱包を外さなかったの？」

「貴重なものだと思って買った時のままにしていたんだよ」

梱包を外し、巻物一本をおもむろにとり出して開いてみた。

と、あろうことか、極彩色のやまと絵の色が、ほとんど剥げ落ちているではないか。十二単衣の女たちの顔は消えていた。

妻が言った。

「馬鹿だね、ビニールの梱包を外さないから、中で蒸れてしまって色が剥げたんだわ。これでは価値はゼロじゃない」

これをしも、紫式部の祟《たた》りであろうか……。

あとがき

私は浅草に住んでかれこれ十八年になるが、最近とみにこの街を訪れる人が多くなった。海外からの客が急激に増えたせいかもしれない。四六時中、人で賑わっている浅草。特に初詣の時期はすさまじい人の波で、本堂から仲見世を通過し雷門通りまで人であふれている。今年も例年にたがわず、神仏に願掛けする数珠つなぎの光景が見られた。

家族の安寧、健康、商売繁盛、婚活、合格祈願と、願掛けは人によってさまざまであろうが、神仏にすがる人のあり様は、はるか千年の昔、紫式部の生きた時代となんら変わらない。

さて、これまで紫式部は、二重人格者や同性愛者などと学者の間でも言われてきた。これは本文に記した通りである。

しかし、「本物のオネエ」という着眼点はなかった。なぜなかったのか。オネエに対するある種の偏見が根強くあったからであろう、と私は思っている。

オネエの存在は昔からあった。私の中学・高校時代にも、当時〝シスターボーイ〟と呼ばれ存在していた。例えば学校の運動会では、必死に女走りをするオネエの生徒を見て、「ヨッ、シスターボーイがんばれ！」とあちこちから声が飛び交った。会場は一段と盛り上がり、笑いの渦に包まれた。先生方も周囲の雰囲気に同調して喝采を送っていた。

ただ、この笑いはある種の偏見だ。〝彼〟の走りは笑いをとるための行動ではなく、一生懸命に生きている姿なのだ。

人と異なる風貌なり言動を排斥しがちなのは、集団社会にみられる現象ではある。とくに日本の社会ではこの傾向が強い、と感じる。したがって、我が国の誇るべき紫式部を、口が裂けても「オネエ」であるとは言えなかったのではないか、と思われて仕方がない。

だが近年、オネエに対する見方が変わってきている。人間にはいろいろなタイプが存在する。オネエだからといって、侮蔑的な見方をする傾向はなくなりつつある。

とくに若者の間でこの傾向が薄らいでいる。かつて我々が抱いた偏見なんてない。昨今のオネエブームもその一端ではなかろうか。劇画やアニメ界でもオネエっぽいキャラクターが人気であるし、テレビでも連日オネエを見ない日はない。これはご承知の通りだ。

要するに、「紫式部は本物のオネエ」というのは新しい着眼点ではなく、「言いたくとも言えなかった」だけではないか、そう思えてならない。

紫式部は本物のオネエではないか、という仮説を立てて、裏づけるべくドキュメント探しに奔走してきた。けれども一方で私の意図したことは、これだけではなかった。それは「縁」というキーワードである。なぜなら調査中に不可思議な人の「縁」にたびたび遭遇したからだった。まさに何者かの力が働いているのではないかとさえ思い、身震いしたこともあった。

昨今、百人一首はひそかなブームであり、また、男が女に入れ替わるというアニメ「君の名は。」のヒントは、小野小町の歌からといわれる。さらに現在、日中合作で遣唐使を扱った映画「空海　ＫＵ－ＫＡＩ」（二〇一八年公開）が製作中という。加えて昨今のオネエブーム――これら現代のピースを、少しでも反映できればという意図もあったことを申し添えておく。

本書の取材に関わった多くの人たちに感謝し御礼申し上げます。とくに紫式部の越前時代の居住跡の候補ではないか、といわれる本興寺の第三八世住職、上島日典さんと奥さんには優しく対応していただき、深く感謝いたします。ありがとうございました。

また共栄書房編集部の佐藤恭介氏には、いつもながら手を煩わせて、御礼とともに謝意を表します。

最後に一言申し添えておきます。それは本興寺の住職、上島さんのお話です。上島さんは近年、陰陽師のように霊感が働くといい、それを聞きつけた人たちが相談にやってくるという。

「ある中年男性の相談を受けて、いろいろアドバイスを言いました。その方が帰るときでした。玄関で挨拶したのですが、見るとその方の顔が消えていたんです。首から上がなくなっていたんです。そんなバカな、と思うでしょうがホントの話。その方がこの寺を出てからまもなくのことです。数時間後ぐらいかな、その方が電車の中で亡くなったという知らせを受けたんです」

上島さんは真顔でおっしゃった。なので帰り際、私はこう言葉をかけた。

「頭がどこかに飛んでいかないように両手でつかんで帰ります」

頭を押さえる格好をしながら玄関を出ると、後ろから奥さんのゲラゲラという笑い声が迫ってきた。

平成二九年一月吉日

筆者

参考文献

『紫式部日記全注釈　上下巻』（萩谷朴、角川書店）
『紫式部』（植田恭代、笠間書院）
『紫式部日記　紫式部集』（山本利達 校注、新潮日本古典集成）
『紫式部日記』（池田亀鑑・秋山虔 校注、岩波文庫）
『紫式部日記の研究』（今小路覚瑞、立命館出版部）
『尊卑分脈』（吉川弘文館）
『王朝日記集』（森三千代・円地文子・関みさを 訳、筑摩書房）
『源氏物語の世界』（中村真一郎、新潮選書）
『平安貴族の世界』（村井康彦、徳間書店）
『紫式部のメッセージ』（駒尺喜美、朝日選書）
『紫式部の欲望』（酒井順子、集英社文庫）
『紫式部日記絵巻と王朝の美』（五島美術館）

『源氏物語　眠らない姫たち』（由良弥生、三笠書房）
『源氏物語の絵画』（田口榮一　監修、東京美術）
『平安女子の楽しい！生活』（川村裕子、岩波ジュニア新書）
『宮廷の女性たち』（秦澄美枝、新人物往来社）
『平安朝女の生き方』（服藤早苗、小学館）
『三十六歌仙絵巻の流転』（高嶋光雪・井上隆史、日経ビジネス文庫）
『藤原道長の日常生活』（倉本一宏、講談社現代新書）
『藤原道長』（北山茂夫、岩波新書）
『小野道風』（山本信吉、吉川弘文館）
『小野道風研究資料集』（春日井市道風記念館）
『今鏡全注釈』（河北騰、笠間書院）
『和漢兼作集　御所本』（大曽根章介・久保田淳 編、笠間書院）
『本朝麗藻集全注釈』（今浜通隆 注釈、新典社）
『類聚句題抄全注釈』（本間洋一 注釈、和泉書院）
『江談抄』（大江匡房・藤原實兼、八木書店）
『DNAと遺伝情報』（三浦謹一郎、岩波新書）

『歴史366日　今日はどんな日』（萩谷朴、新潮選書）
「越前国府関連遺跡　岡本山古墳群」（福井県越前市教育委員会）
「国府A遺跡　国府B遺跡　元町遺跡　府中城跡D・E地点」（武生市教育委員会）
「西本願寺『兼盛集』巻末所蔵の大弐三位の和歌をめぐって」（中周子、『樟蔭国文学』39号、大阪樟蔭女子大学国語国文学会）
「大弐三位賢子全歌集」（瀬川恵津子、『日本文学研究』27号、大東文化大学日本文学会）
「伝寂然筆『具平親王集（中務親王集）』の新出資料」（矢澤由紀、『中央大学国文』57号、中央大学国文学会）

大橋義輝（おおはし・よしてる）

ルポルタージュ作家。

東京・小岩で生まれ育つ。明治大学（文芸学科）、米国サンノゼ州立大学（ジャーナリズム学科）、中国アモイ大学（中国語）、二松学舎大学（国文学科）等で学ぶ。

元フジテレビ記者・プロデューサー。元週刊サンケイ記者。

黒澤映画のエッセイ「私の黒澤明」で最優秀賞（夕刊フジ）。

著書に『おれの三島由紀夫』（不死鳥社）、『韓国天才少年の数奇な半生』『毒婦伝説』『消えた神父を追え！』『拳銃伝説』（以上、共栄書房）、『「サザエさん」のないしょ話』（データハウス）。

紫式部“裏”伝説——女流作家の隠された秘密

2017年2月25日　初版第1刷発行

著者 ——大橋義輝
発行者 ——平田　勝
発行 ——共栄書房
〒101-0065 東京都千代田区西神田2-5-11出版輸送ビル2F
電話　03-3234-6948
FAX　03-3239-8272
E-mail　master@kyoeishobo.net
URL　http://kyoeishobo.net
振替 ——00130-4-118277
装幀 ——黒瀬章夫（ナカグログラフ）
装画 ——平田真咲
印刷・製本— 中央精版印刷株式会社

ISBN 978-4-7634-1074-0 C0036